Hugo Wiener

Verliebt, Verlobt, Geheiratet

HUGO WIENER

Verliebt Verlobt Geheiratet

Satiren

Mit Zeichnungen von Rudolf Angerer

AMALTHEA

Schutzumschlagentwurf: Rudolf Angerer
Satz: Karl Wenschow GmbH, München
Druck und Binden: Ebner, Ulm
Printed in Germany
ISBN 3-85002-090-8

Inhalt

»Verliebt – verlobt – geheiratet!«

Warum ge? Warum nicht ver? Aha, werden Sie denken, da steckt etwas dahinter. Etwas Ausgefallenes. Etwas Delphisches. Etwas orakelhaft Hintergründiges.
Darf ich es Ihnen gleich sagen? Nichts steckt dahinter. Es war so:
Wir saßen im Kaffeehaus. Mein Freund Joschi, Regisseur Zebisch, der Schauspieler Toplitz, der Schlagertexter Mario, ein von Joschi mitgebrachter Kollege aus Budapest und meine Wenigkeit. Ich suchte einen Titel für das vorliegende Buch. Nachdem ich die Anwesenden mit dem Themenkreis bekannt gemacht hatte, bat ich sie um ihren Rat. Ich brauchte etwas Überraschendes, Verblüffendes, Schockierendes.
»›Der Wind kann nicht schreiben‹«, schlug Joschi vor.
»Das war schon da. ›Der Wind kann nicht lesen.‹«
»Na und? Wenn einer nicht lesen kann, kann er auch nicht schreiben. Der Titel ist überraschend, das ist die Hauptsache.«
»Der Titel paßt nicht zu dem Buch«, meinte der Schau-

spieler Toplitz. »Ich würde es ›Theater des Lebens‹ nennen.«
»Zu konservativ«, fand Zebisch, der progressive Regisseur. »Wir leben in einer Zeit, in der das Publikum mitsprechen will. Ich würde dem Buch überhaupt keinen Titel geben. Ein weißer Einband – sonst nichts. Den Titel soll sich jeder selber machen. Die Geschichten auch«, setzte er hinzu. »Es wäre verblüffend.«
Ich war nicht einverstanden. Wozu hatte ich die Geschichten geschrieben?
»Wenn ich dürfte etwas sagen«, mischte sich der ungarische Kollege in seinem mangelhaften Deutsch ins Gespräch, »wäre bester Titel: ›Verliebt, verlobt, geheiratet.‹«
Alle lachten, nur ich nicht. »Das heißt *ver*heiratet«, korrigierte Joschi.
Ich überlegte. Warum? Warum nicht *ge*heiratet? Den Buchhändler wird es überraschen, den Ehemann verblüffen, den Grammatikbewußten schockieren.
So spielte es sich ab. Und darum heißt das Buch, das Sie jetzt – hoffentlich mit Vergnügen – lesen werden:

»VERLIEBT – VERLOBT – GEHEIRATET«

Eine Trilogie, so heißt es im Lexikon, ist eine Folge dreier stofflich oder thematisch zusammenhängender literarischer Werke.
Da auch die ersten drei Geschichtchen dieses Buches einen Titel haben müssen, wüßte ich keinen besseren als

Trilogie

Balzac sagte: »Die erste Liebe ist eine Art Impfung, die uns davor bewahrt, die gleiche Krankheit ein zweitesmal zu bekommen.«

Verliebt

Bubi Wandl, 15, war verliebt. Zum erstenmal in seinem Leben. Er versagte in der Schule, er vergaß seine Fische zu füttern und er wollte plötzlich nicht mehr »Bubi«, sondern »Steve« gerufen werden, wie man ihn nach seinem Onkel Stefan genannt hatte.
Die Eltern waren verzweifelt, die Verwandtschaft ebenfalls, Onkel Stefan enterbte ihn, und Onkel Artur nahm sich den Jungen vor.
»Wann«, fragte er ihn, »haben die Mädchen angefangen dir zu gefallen?«
»Als ich merkte«, entgegnete Steve, »daß sie keine Buben sind.« Eine klare und deutliche Antwort.
»Du bist der Nagel zu meinem Sarg!« brüllte sein Vater. Und Onkel Artur sagte: »Schlag dem Nagel öfter eine auf den Kopf und es wird Ruhe sein!« Sie machten es dadurch nur noch schlimmer.
Auch Robinsons, die Eltern des Mädchens, waren schockiert. Ingrid, 14, schwänzte den Unterricht, sie färbte sich die Lider blau und die Fingernägel rot und wiegte sich in den vorläufig noch angedeuteten Hüften. So wie sie an ihren Eltern hing, hing sie stundenlang am Telephon, um mit Steve zu sprechen. Robinson und Frau preßten die Ohren an die Wand, aber sie hörten Ingrid immer nur »ja« sagen. »Wenn sie bloß einmal ›nein‹ sagen würde!« stöhnte Robinson. »Aber immer

nur ›ja‹? Ein vierzehnjähriges Mädchen? Wohin soll das führen?« Er nahm sich das Mädel vor.
»Steve ist ein Dummkopf«, sagte er, »der es nur auf dein Geld abgesehen hat!«
»Das ist nicht wahr«, verteidigte Ingrid ihren Liebsten. »Steve würde mich heiraten, auch wenn ich keinen Groschen hätte!«
»Dann ist er noch dümmer als ich dachte«, entgegnete Robinson. Er machte es dadurch nur noch schlimmer.
Steve und Ingrid trafen sich in der Diskothek.
»Wir werden heiraten«, sagte Steve.
»Wann?« fragte Ingrid.
»Das überlasse ich dir.«
»Kirchlich oder standesamtlich?«
»Das überlasse ich deiner Mutter.«
»Und wovon werden wir leben?«
»Das überlasse ich deinem Vater.« Sie machten es dadurch nur noch schlimmer.
Robinsons und Wandls trafen sich im Kaffeehaus. Sie waren immer gute Freunde gewesen, jetzt waren sie böse Feinde.
»Meine Tochter ist zu jung, um zu heiraten«, begann Robinson.
»Mein Sohn ebenfalls«, konterte Wandl.
»Ich wüßte nicht, was ich ohne Ingrid anfangen würde«, schluchzte Frau Robinson. »Das Kind kommt nach Hause, und die Wohnung wird hell.«
»Das ist bei Steve genauso«, brummte Wandl. »Ich kann Ihnen die Stromrechnung zeigen.«
»Wie sich die Kinder das vorstellen, weiß ich nicht«, schluchzte Frau Robinson weiter. »Was Ihr Sohn einmal verdienen wird, braucht meine Tochter auf Taschentücher.«

»Ich wußte nicht, daß Ihre Tochter so eine Rotznase ist«, sagte Frau Wandl. Sie machte es dadurch nur noch schlimmer.
Steve und Ingrid trafen sich in der Diskothek.
»Meine Eltern werden niemals die Einwilligung zu unserer Heirat geben«, weinte Ingrid.
»Die meinen auch nicht«, klagte Steve. »Es gibt nur eines: wir müssen durchgehen.«
»Durchgehen?« wiederholte Ingrid, und ihre Augen leuchteten. »Das ist das Richtige! Sie werden glücklich sein, wenn wir wieder zurückkommen.«
»Wir kommen nicht mehr zurück«, meinte Steve mit einer Festigkeit, die Ingrid ihm niemals zugetraut hätte. »Wir fliehen nach Amerika. Ich bin Manns genug. Ich werde eine Stellung annehmen, sei es als Schuhputzer oder als Tellerwäscher – sie haben alle so angefangen. Wir werden es unseren Eltern schon zeigen.«
»Du bist ein Mann!« Ingrid sah bewundernd zu ihm auf.
»Dann müssen wir uns nur noch einigen, *wann* wir durchgehen wollen.«
»Morgen!« sagte Ingrid.
Steve überlegte. »Morgen?« sagte er dann. »Morgen wird es nicht gehen. Morgen haben wir Germknödel – und die eß' ich so gern!«

Eine lange Verlobungszeit hat ihren Vorteil. Je länger zwei Menschen miteinander verlobt sind, desto weniger Zeit bleibt ihnen für die Ehe.

Verlobt

Heinz und Petra waren im Restaurant verabredet.
»Guten Abend, Liebling«, sagte er und küßte ihre Hand.
»Guten Abend, Schatz«, sagte sie und sah erwartungsvoll zu ihm auf.
Der Ober kam. »Zwei Martini«, bestellte Heinz. »Später werden wir speisen.« Sie warteten, bis die Getränke auf dem Tisch standen. Petra war ungeduldig. »Hast du ihn bekommen?« fragte sie.
»Ja«, sagte Heinz glücklich. Was er bekommen hatte, war der Rohabdruck der Verlobungsanzeigen, den er aus der Druckerei geholt hatte.
»Zeig her, Liebes!« bat Petra.
Heinz nahm ein Stück Papier aus der Brieftasche, legte es auf den Tisch, die beiden rückten eng zusammen und lasen: »Herr Sektionschef Dr. Hanns Mayhoff und Frau Gertrude geben die Verlobung ihrer Tochter Petra mit Herrn Dkfm. Heinz Palivec bekannt. – Herr Karl Palivec, Möbeltischler, und Frau Pauline geben die Verlobung ihres Sohnes, Dkfm. Heinz Palivec, mit Frl. Petra Mayhoff bekannt.«
»Schön!« fand Petra.
»Nicht wahr?« sagte Heinz. Er war stolz. »Es hat lange genug gedauert«, setzte er hinzu, »bis ich das richtige Papier und die richtigen Lettern beisammen hatte.«
»Sehr schön«, wiederholte Petra. »Nur . . .«

»Was nur?«
»Ich finde . . .«
»Was findest du?« fragte Heinz gereizt.
»Ich finde, daß unsere Namen zu fett gedruckt sind.«
»Zu fett?« wunderte sich Heinz. »Wir sind doch die Hauptpersonen. Schau dir die Theaterprogramme an. Oder die Konzertplakate. Dr. Karl Böhm – fett. Kammersängerin Anneliese Rothenberger – fett.«
»Trotzdem. Es wirkt aufdringlich.«
»Ach so?«
»Sei doch nicht sofort beleidigt, Liebling! Es ist doch nur meine Meinung.«
»Deine Meinung!« wiederholte Heinz höhnisch. »Deine Meinung ist immer die Meinung deiner Eltern. Glaubst du, ich kenne sie nicht? Zu fett, werden sie sagen. Zu protzig! Nicht unser Stil! Deine Eltern sind ja etwas Besonderes! Herr Sektionschef Dr. Mayhoff und Frau Gertrude! Mein Vater ist kein Sektionschef und kein Doktor, sondern nur ein Möbeltischler – und meine Mutter ist keine Frau Gertrude, sondern nur eine Pauline! Das wolltest du doch sagen – oder?« Heinz kämpfte mit dem Atem.
»Sei doch nicht albern, Heinz!« Petra versuchte ihn zu beruhigen. »Du weißt genau, daß meine Schwester mit einem Möbeltischler verheiratet ist.«
»Möbeltischler!« Heinz lachte laut auf. »Dein Schwager hat das größte und vornehmste Möbelhaus in der ganzen Stadt!«
»Das hat doch nichts zu bedeuten«, meinte Petra. »Wenn meine Schwester sich in deinen Vater verliebt hätte, hätte sie ihn geheiratet, auch wenn er nicht das größte und vornehmste Möbelhaus in der ganzen Stadt hätte – –«

»Sondern nur eine kleine Tischlerei im 16. Bezirk«, ergänzte Heinz. »Außerdem hätte deine Schwester sich niemals in meinen Vater verliebt.«

»Das war doch nur so geredet . . .«

»Geredet! Denkst du, ich merke deinen Spott nicht? Deine, wie du dir einbildest, ›feine‹ Ironie? Immerhin habe ich es als Sohn eines Möbeltischlers zum Diplomkaufmann gebracht!«

»Das ist sehr imponierend«, meinte Petra, nun auch schon etwas gereizt. »Trotzdem muß ich dir bei dieser Gelegenheit gleich noch etwas sagen. Es ist ganz unüblich, daß deine Eltern in unserer Verlobungsanzeige ›Diplomkaufmann Heinz Palivec‹ schreiben. Das haben schon *meine* Eltern getan. Für deine Eltern hätte es genügt, wenn sie ›ihres Sohnes Heinz‹ geschrieben hätten.«

»Hätte es genügt!« zischte Heinz grimmig. »Für meine Eltern genügt dir wohl alles! Wer sind denn die Eltern des ›Diplomkaufmannes‹? Deine oder meine? Das Essen haben sie sich vom Mund abgespart, um mich studieren lassen zu können! Und warum *haben* denn deine Eltern ›Diplomkaufmann‹ geschrieben? Nur um sich mit mir zu brüsten, weil ihr eigener Sohn ein Strolch ist!«

Jetzt wurde Petra bös. »Mein Bruder ist kein Strolch!« sagte sie energisch.

»Warum sitzt er dann?«

»Justizirrtum.«

»Und das Geld, das man bei ihm gefunden hat? Eine Million Schweizer Franken?«

»Wurde auf ehrliche Weise erworben!«

»Es fragt sich nur von wem! Ebenso wie die zehn Millionen Staatsgelder, die dein Vater, der Herr Sektionschef, in der Bank seines Neffen angelegt hatte! Schade, daß er sie zurückgeben mußte!«

»Du bist geschmacklos!« fauchte Petra ihn an. »Dein Charakter ist so wie diese Verlobungsanzeigen. Aber ich wußte es ja. Hätte mir Michael solche Verlobungsanzeigen gebracht ...« Sie schwieg plötzlich.

Heinz stutzte. »Michael? Wer ist Michael? Warst du schon einmal verlobt, ohne es mir zu sagen?«

»Hör zu, Heinz«, bat Petra.

»Warst du schon einmal verlobt?« Heinz schrie, daß sich seine Stimme überschlug und die Gäste auf die beiden aufmerksam wurden.

»Ja.«

»Dann betrachte unsere Verlobung als gelöst! Grüß mir den Herrn Sektionschef Doktor und Frau Gertrude! Zahlen!« Der Ober kam. »Zwei Martini«, sagte er.

»Einen!« korrigierte Heinz. »Die Dame bezahlt selbst.« Damit verließ er das Lokal.

»Ich werde niemals meine Hochzeit vergessen«, erzählte ein Ehemann. »Ich glaube, es hat damals keine zwei glücklicheren Menschen gegeben als die Eltern meiner Braut.«

Geheiratet

Robert war ein Spieler. Er würfelte, pokerte, besuchte Kasinos, setzte auf Pferde. Er hatte kein Glück. Wenn man in früheren Zeiten wollte, daß ein Pferd nicht laufen soll, band man es an. Heute genügt es, wenn Robert drauf wettet. Robert hatte von einem Onkel ein kleines Vermögen geerbt. Er fuhr damit nach Monte Carlo.

»Hin fuhr er in einem alten Auto, das 80 000 Schilling gekostet hat«, berichtete ein Freund.

»Und?«

»Zurückgekommen ist er in einem Eineinhalb-Millionen-Wagen!«

»Bentley?«

»Autobus.«

Robert beschloß zu heiraten. Eine Mitgift mit Frau. Er fand eine solche und hatte einen »Talk« mit ihrem Vater. Er mußte versprechen, alles aufzugeben: Würfel, Poker, Kasinos, Pferde. Robert versprach es, doch das Mädchen heiratete er nicht. Er dachte: Jetzt, wo ich mich so gebessert habe, bekomme ich eine andere. Er hatte recht. Er bekam eine andere. Lilli, die Nichte unseres Freundes Wronsky. Lillis Vater war Industrieller und sehr reich. Geheiratet wurde im Brautkleid und Cut. Lilli trug eine Perlenschnur, die sie zur Hochzeit bekommen hatte und deren Perlen so groß waren, daß man meinen konnte, daß in jeder von ihnen eine Auster sei. Die Trauung war vorüber, auch das Essen im »Sacher«, das junge Paar kleidete sich um, und ab gings auf die Hochzeitsreise.

Im Wagen folgten die üblichen Fragen. Sie begann: »Liebst du mich?«

»Sehr!«

»Wie sehr?«

»Wie ich noch keine Frau geliebt habe.«

»Wirst du mich auch lieben, wenn ich alt geworden bin?«

»Selbstverständlich! Das heißt –«, er besann sich, »– du wirst doch nicht aussehen wie deine Mutter?«

Beide lachten. Sie fuhren an Roberts Stammkaffeehaus vorüber.

»Halten wir einen Moment an! Ich möchte mich von meinen Freunden verabschieden. Warte hier, bitte!« Er ging hinein.

Lilli wartete fünf Minuten, zehn Minuten, fünfzehn Minuten. Dann stieg sie aus, um nachzusehen, was los sei. Der Ober schickte sie in das Spielzimmer. Dort sah sie Robert, das Jackett abgelegt, in Hemdsärmeln, mit dreien seiner Freunde pokern.

»Robert!« sagte sie fassungslos. »Das ist unsere Hochzeitsreise! Du läßt mich allein im Wagen sitzen und spielst Karten?«

Robert wandte sich um, warf ihr einen strafenden Blick zu und fragte: »Fängst du schon an?«

Fast alle Ehen beginnen gut. Schlecht werden sie erst, wenn das junge Paar das Standesamt verlassen hat.

Die Frage des Vorwärtskommens hängt ganz vom Start ab. Oder – wie man auch sagen kann:

Am Anfang steht der Fortgang

Ich habe eine gutgehende Schriftstellerei.
Bei mir gibt es alle einschlägigen Artikel: Schlagertexte, Operetten- und Musicallibretti, Lustspiele und Trauerspiele, Schwänke, Kabarettprogramme, TV-Shows, Krimis und Königsdramen. Auf Bestellung liefere ich Anekdoten, die der Käufer jedermann in den Mund legen kann. Gewünschte Änderungen politischer Themen werden – je nach der Lage – prompt durchgeführt. Ich führe GROSSE WORTE in jeder Preislage, für jeden Beruf und jede Berufung. Für den Priester: »Wer sich selbst hilft, dem hilft Gott!« – für den Politiker: »Wer sich *nicht* selbst hilft, der will, daß ihm die Regierung hilft.« Bei mir erhalten Sie »Seltsame Geschichten«, »Unheimliche Geschichten«, »Wahre Geschichten« (die sich nie ereignet haben) usw. – und wenn ich vom 3.–5. Jänner meinen Betrieb schließe, um Inventur zu machen – bin ich zufrieden. Ich habe wirklich eine gutgehende Schriftstellerei.
Dem war nicht immer so. Ich begann mit der Einsendung von Witzen und war fast mit allen in Betracht kommenden Redaktionen in Verbindung. Wenn auch nur hin und wieder. Ich schickte ihnen die Witze hin, und sie schickten sie mir wieder zurück.
Mit Dank.
Bald besaß ich eine Menge solcher Dankbriefe. Genau vierhundertachtundachtzig. Hämisch lächelnd klebte ich sie in ein Album, das fünfhundert Seiten hatte. Einen auf jede Seite. Die restlichen zwölf Briefe, das wußte ich, würden nicht lang auf sich warten lassen. Was bezweckte ich damit? Ich wollte das Album aufbewahren und – wenn ich ein großer Dichter geworden war – in einem feierlichen Schenkungsakt dem Nationalmuseum überlassen. Es sollte jungen Talenten klar--

NIX
TUT UNS LEID
NEIN
NIX
KEIN BEDARF
BRAUCHEN WIR NICHT!
TUT UNS LEID
KEIN BEDARF
NEIN
NEIN
NEIN

machen, wie man es, trotz schwierigstem Anfang, durch Fleiß und Ausdauer zum Genie bringen kann.
Elf der noch fehlenden »Dankbriefe« hatte ich schnell beisammen nur die letzte Seite des Albums war noch leer. Also setzte ich mich hin und schrieb an das damals führende Witzblatt »Die Muskete«:
Sehr geehrter Herr Redakteur! Als erfolgloser Schriftsteller bin ich im Besitz von zahllosen Ablehnungsschreiben verschiedener Redaktionen. Da ich diese Schreiben sammle, bitte ich auch Sie, mir ein solches zu schicken. Es wäre das Prunkstück meines Albums. Bitte, schreiben Sie mir einen Brief, in dem Sie mir mitteilen, daß meine Ihnen eingesandte Arbeit leider nicht verwendbar ist und daher nicht angenommen werden kann. Mit bestem Dank und dem Ausdruck der vorzüglichsten Hochachtung

Hugo Wiener

Drei Tage später – ich erwartete den Briefträger mit offenem Album und bereitgehaltenem Klebstoff – kam folgende Mitteilung:
Sehr geehrter Herr! Wir bedanken uns für Ihren Brief. Ihr Witz mit der Sammlung ist großartig. Wir werden ihn in unserer nächsten Nummer bringen. Anbei ein Scheck über Sch. 50,–.

Mit freundlichen Grüßen
Redaktion der MUSKETE

Ich war wütend. Natürlich setzte ich mich sofort hin und schrieb:

Sehr geehrter Herr Redakteur! Mein Schreiben sollte kein Witz sein. Was ich wünsche, ist ein Ablehnungsbescheid für meine Kollektion. Besten Dank für die

50 Sch. Ich wollte Ihren Scheck auf der Bank einlösen, hatte keinen Ausweis bei mir, und der einzige Mensch, der mich dort identifizieren konnte, war mein Anwalt, dem ich 50 Sch. schuldete.

Mit dem Ausdruck der vorzüglichsten Hochachtung
Hugo Wiener

Einige Tage später kam wieder ein Brief:

Sehr geehrter Herr!
Wir haben uns sehr amüsiert über Ihren Witz mit der Bank. Wir werden ihn in unserer nächsten Nummer bringen. Anbei ein Scheck über Sch. 50,–.

Mit freundlichen Grüßen
Redaktion der MUSKETE

Jetzt war es wieder an mir, zu schreiben. Die sollen etwas erleben! Ich werde meinen Dankbrief bekommen! Ich schrieb:

Sehr geehrter Herr Redakteur! Wollen Sie mir endlich das Ablehnungsschreiben schicken – ja oder nein!? Um es sicher zu bekommen, sende ich Ihnen folgenden schlechten Witz ein: Müller sagt zu Meier: »Sie haben mich gebeten, für Sie die Nummer 44 56 71 anzurufen und in Ihrem Namen mit einem Herrn Fisch zu sprechen. Ich habe es getan.« »Und?« fragt Meier. »Was war?« Drauf Müller: »Man hat mich gefragt, mit *welchem* Fisch ich sprechen will. Dort war das Aquarium!«

Mit dem Ausdruck der vorzüglichsten
Hochachtung
Hugo Wiener

Daraufhin kam wieder ein Brief:

Sehr geehrter Herr!
Unser Personal hat noch heute Seitenstechen vor Lachen über Ihren Witz mit dem Fisch. Wir werden ihn in unserer nächsten Nummer bringen. Anbei ein Scheck über Sch. 100,–.

Mit freundlichen Grüßen
Redaktion der MUSKETE

Ich fluchte, ich wütete, ich tobte. Dann ging es mir durch den Kopf: Ich habe es erreicht! Das ist der Wendepunkt! Man anerkennt mich als Schriftsteller! Der erste Schritt zum Dichter ist getan – jetzt heißt es, die Strähne ausnützen! Das Album brauchte ich nicht mehr, ich warf es ins Feuer, sah voll Genuß zu, wie es verbrannte, nahm meine beste Kurzgeschichte und sandte sie an die Muskete. Acht Tage später kam die Antwort:

Sehr geehrter Herr!
Haben Ihre Kurzgeschichte gelesen und müssen Ihnen mit Bedauern mitteilen, daß wir keine Verwendung dafür haben. Wir schicken sie Ihnen beiliegend mit bestem Dank zurück.

Mit freundlichen Grüßen
Redaktion der MUSKETE

Es war der 500. Ablehnungsbrief. Die andern 499 hatte ich ins Feuer geworfen, das Album hatte ich vernichtet – das Nationalmuseum wird mir dankbar sein.

Es gibt Menschen, die es nicht überrascht, wenn ein Paar heiratet – die es aber, Jahre später, überrascht, wenn es noch verheiratet ist.

Überraschung

(Von zwei Seiten gesehen)

Von der einen Seite:
Grünspecht ist aus dem ehelichen Heim ausgezogen. Nach neunzehnjährigem Beisammensein. »Böswilliges Verlassen«, werden sie bei Gericht sagen. Nun saß er in dem kleinen Hotelzimmer und überlegte.
Wie konnte Erna, seine Frau, sich so weit vergessen? Er, Grünspecht, war aus dem Büro nach Hause gekommen – nett, freundlich, wie immer.
»Guten Abend, Schatz!« grüßte er liebenswürdig.
»Guten Abend«, brummte Erna.
»Was hast du?« fragte er besorgt.
»Nichts.«
»Warum bist du so kühl?« erkundigte er sich bang.
»Weil es mich friert«, antwortete sie giftig. »Ich habe nichts anzuziehen. Der Winter kommt. Ich möchte einen Pelz haben, wie die Berger einen hat!«
»Da hättest du als Karakulschaf zur Welt kommen müssen«, scherzte er.
»Laß deine dummen Witze – mich fängst du nicht mehr mit deinem Charme. Oder denkst du, daß ich verblödet bin?«
»Aber Schatz . . . «, stammelte er.
»Gib mir keine Kosenamen – du meinst es ja doch nicht ehrlich. Alles was du im Kopf hast, ist dein Auto!«
»Sei doch froh! Wäre es dir lieber, wenn ich eine Freundin im Kopf hätte?«
»Vielleicht.«
»Warum?«
»Weil eine Freundin dich bald über hätte und du dann wieder auf mich hören würdest. Aber was bedeutet dir schon eine Frau? Auto, Auto – das ist alles!« Er wollte etwas sagen, aber sie unterbrach ihn.
»Glaubst du, ich weiß es nicht, daß du die Absicht hast,

einen neuen Wagen zu kaufen?«
»Ich bin Kaufmann, Schatz. Ich brauche Prestige. Wenn ich nicht bald den Wagen wechsle, werde ich keinen Kredit mehr bekommen. Aber woher weißt du –?«
»Dein ›guter‹ Freund Robert hat es mir gesagt! Er erzählt mir auch, daß du eine Garage mieten willst! Stimmt das?«
»Ja«, gab er kleinlaut zu.
»Weißt du, was das kostet?« schrie sie. »Wir werden nichts zu essen haben! Dein Kind wird man aus dem Internat stoßen! Den ›reichen‹ Grünspecht hat man dich genannt! Wo ist heute dein Geld? Oh, wenn ich das früher gewußt hätte.«
»Du hast mich also nur geheiratet, weil ich Geld hatte?« fragte er enttäuscht.
»Unsinn!« keifte Erna. »Ich habe dich geheiratet, weil ich *keines* hatte! Aber du? Zum Fenster hast du es hinausgeworfen!« »Das ist nicht wahr!« sagte er, nun auch um eine Spur lauter. »Ins Geschäft habe ich es gesteckt!«
»Und?« höhnte sie. »Geht das Geschäft? Nein! Und warum nicht? Weil du ein Kinderspielwarengeschäft haben mußt! Noch dazu eines für Gesellschaftsspiele! Spiele, zu denen man mindestens vier Kinder braucht! In einer Zeit, in der die Menschen höchstens *ein* Kind haben! In einer Zeit, in der es die Pille gibt!«
»Du mußt mich verstehen, Schatz!« versuchte er in Ruhe, sie zu überzeugen. »Mein Vater hatte ein Spielwarengeschäft, mein Großvater hatte ein Spielwarengeschäft –«
»Die hatten aber keine teuren Autos!«
»Mein Vater hatte eines! Und eine Garage hatte er auch!«

»Und wenn dein Vater *zwei* Garagen hatte – sein Sohn wird *keine* haben!«
So hatte es begonnen, dann war es losgegangen. Sie hatte seinen Vater beleidigt, er den ihren. Sie hatte seine Mutter beleidigt, er die ihre. Sie hatte seine Familie beleidigt, er die ihre. Dann hatte er seinen Koffer gepackt und war gegangen. Und nun saß er da und dachte an die Bequemlichkeit, die er verloren hatte. Jetzt würde er, die Hausschuhe an den Füßen, in seinem Fauteuil vor dem Kamin sitzen und Zeitung lesen. Dann würde er noch einen Drink nehmen und zu Bett gehen. Jetzt war alles verfahren. Er überlegte und überlegte, wie er alles wieder ins rechte Lot bringen könnte. Plötzlich wußte er es. Er ging zum Telephon und rief Erna an. »Ich bins!« sagte er traurig. »Es tut mir leid! Erlaubst du, daß ich morgen zurückkomme? Ich habe eine Überraschung für dich! Ja! Danke, Schatz! Bis morgen!« Er drückte einen Kuß auf den Hörer und legte auf.

Von der anderen Seite:
Erna war in ihrem Zimmer gesessen und hatte nachgedacht. Wie konnte Paul sich so weit vergessen? Er war aus dem Büro nach Haus gekommen – eklig wie immer.
»Guten Abend, Schatz!« grunzte er.
»Guten Abend!« sagte sie strahlend.
»Was hast du?« fragte er unfreundlich.
»Nichts . . .«, meinte sie unschuldig.
»Warum bist du so kühl?« herrschte er sie an.
»Ich bin nicht kühl«, versuchte sie ihm zu erklären. »Es ist bloß – es ist absolut nicht wichtig – ich dachte nur eben darüber nach – ich habe nichts anzuziehen. Der Winter kommt. Ich träumte, ich hätte einen Pelz wie die Berger einen hat . . .«

»Da hättest du als Karakulschaf zur Welt kommen müssen!« lachte er schadenfroh.
Sie lächelte. »Du immer mit deinen Witzen«, schmollte sie. »Ich nehme solche Worte, Gott sei Dank, nicht ernst. Oder glaubst du«, setzte sie scherzend hinzu, »daß ich verblödet bin?«
»Ich glaube es nicht«, meinte er schroff, »aber ich will mir darüber kein Urteil anmaßen.«
»Laß uns lieber von deinem neuen Auto reden«, versuchte sie einzulenken. »Robert erzählte mir, daß du dir eines kaufen willst. Stimmt das?«
»Ja«, brummte er.
»Er sagte – mit einer Garage.«
»Ja.«
»Ich freue mich für dich. Ich weiß, daß dir dein Wagen alles bedeutet – aber wird das nicht ein wenig teuer kommen?«
»Wozu schufte ich den ganzen Tag im Geschäft?« fuhr er sie an. »Dein Geschäft geht aber doch nicht«, sagte sie sanft. »Wie sollte es auch? Ein Kinderspielwarengeschäft, das auf Gesellschaftsspiele spezialisiert ist, für die man mehr als *ein* Kind braucht. Wer hat heute mehr als *ein* Kind?«
»Genug Leute!« tobte er. »Wimmers haben zwei Kinder, Kargls haben drei, Goldschmieds vier! Im Werbefernsehen habe ich neulich ein Ehepaar gesehen, das *zwanzig* Kinder hatte!«
»Aber die kaufen ihre Spielsachen nicht bei dir!«
»Trotzdem!« wütete er. »Mein Vater hatte ein Spielwarengeschäft, mein Großvater hatte ein Spielwarengeschäft –«
»Aber sie hatten keine teuren Autos!« Sie schlug die Augen zu ihm auf. »Paul!« bat sie.

Er raste. »Mein Vater hatte auch ein Auto und eine Garage!«
»Paul!« bat sie noch einmal. »Überlege es dir!«
Da war es losgegangen. Er hatte ihren Vater beleidigt. Sie hatte seinen Vater beleidigt. Er hatte ihre Mutter beleidigt, sie hatte seine Mutter beleidigt. Er hatte ihre Familie beleidigt, sie hatte seine Familie beleidigt. Dann hatte er seinen Koffer gepackt und war gegangen. Und nun saß sie in ihrem Zimmer, und es wurde ihr klar, wie allein sie war. Jetzt würde Paul, die Hausschuhe an den Füßen, vor dem Kamin sitzen und Zeitung lesen. Dann würden sie beide einen Drink nehmen und zu Bett gehen. Jetzt war alles verfahren. Sie überlegte und überlegte, wie sie es wieder gutmachen könnte. Plötzlich wußte sie es. Sie ging zum Telephon – im selben Moment klingelte es. Sie hob ab – es war Paul. Sie hörte ihn an. »Es ist gut, Paul«, sagte sie glücklich. »Bis morgen also! Ich habe auch eine Überraschung für dich!« Sie legte auf. Er wird sich freuen.
Am nächsten Morgen kam er an. »Die Überraschung für dich«, sagte er zärtlich: »Ich habe das Auto verkauft.«
Sie wurde rot im Gesicht. »Was?« schrie sie. »Das Auto verkauft?« »Ich habe dir doch gesagt«, stammelte er, »daß ich eine Überraschung für dich habe . . .«
»Und ich«, weinte sie, »habe dir gesagt, daß *ich* eine Überraschung für *dich* habe!«
»Und – ?« fragte er bestürzt.
»Ich habe dir für ein Jahr eine Garage gemietet!«

Das einzige, das uns überraschen sollte, ist, daß es noch immer Dinge gibt, die uns überraschen. (Das ist nicht meine Ansicht – das sagte Rochefoucauld.)

Ein Schauspieler ist ein Mensch, der von der Bühne in die mit alten Versatzstücken, Schmutz, Staub, Fetzen und Requisiten vollgeräumte Kulisse blickt – und sagt: »Welch liebliche Aussicht genießt man von diesem Fenster!«
Unter den Schauspielern gibt es viele Typen. Es gibt junge Anfänger, alte Aufhörer, Bescheidene, Allürenbehaftete, Eingebildete, Ausgebildete, Stars und andere Vögel – der schlimmste Typ aber ist

Die Probenbremse

Ich kam zur Stellprobe.
»Gut, daß Sie da sind!« begrüßte mich Regisseur Zebisch. »Wir haben keine Zeit zu verlieren – Ihr Stück muß in zehn Tagen herauskommen. Die gestrige Premiere war ja leider ein Durchfall.« Er, der Progressive, sah mich, den Schwankdichter, irgendwie gehässig an. »Der Dürrenmatt wurde nicht verstanden. Von der Presse wohl, aber nicht vom Publikum. Ich begreife nicht, daß man ihn deshalb gleich absetzt.«
Ich begriff es. Schließlich leben wir vom Publikum und nicht von der Presse. Gegen das Publikum zu spielen, kann sich ein hochsubventioniertes Staatstheater leisten, aber keine Privatbühne. Die Direktion kann nicht »Das Käthchen von Heilbronn« zur Aufführung bringen, wenn das Publikum »Die spanische Fliege« sehen will. Auch ein Parfümeriehändler muß den Wünschen seiner Kundschaft entsprechen und kann einer Dame, die eine Flasche »L'heure bleue« verlangt, keinen Camembert anbieten.
Wobei ich meinen Schwank nicht mit einem Camembert vergleichen will.
Ich saß neben Zebisch im Zuschauerraum. »Ist alles auf der Bühne?« fragte er.
»Ja«, antwortete Toplitz.
Ich habe zu erwähnen vergessen: Toplitz spielte eine kleine Rolle zu Beginn des Stückes. Toplitz, über dessen Blitzkarriere ich einmal berichtet habe. Wie eine Mondrakete war er aufgestiegen, kam dann vom Kurs ab und mußte wassern. Und nun ging ihm das Wasser, in dem er gewassert hatte, bereits bis zum Hals. Was war geschehen? Toplitz, der Star, war schwierig geworden. Er schnitt selbstherrlich alle Stücke auf sich zu, änderte die Rollen der Mitspielenden, nahm ihnen die Pointen, um

sie selber zu bringen und – was das Schlimmste war – er hatte sich zur Probenbremse gemausert.

Theaterfremde Leser werden nicht wissen, was eine »Probenbremse« ist. Ich will es Ihnen erklären: Eine Probenbremse ist ein Künstler, der die Probe bremst, weil er nach jedem Satz eine Frage an den Regisseur hat. Besonders beliebt sind Probenbremsen bei Film und Fernsehen, wo jede Minute Geld kostet. Zum Beispiel: Toplitz spielt einen Managertyp. »Da steht ein Wecker auf meinem Schreibtisch. Meinst du«, zum Regisseur, »daß ein Mann, der nur an seine Unternehmungen denkt, dem die eigene Frau im 2. Akt sagt: ›Wann wirst du endlich einmal zu Hause zuhause sein?‹ – meinst du, daß ein solcher Mann einen Wecker auf dem Schreibtisch stehen hat?« Der Wecker kommt weg. »Andererseits«, erwägt Toplitz, »muß ein Mann, der von Flugzeug zu Flugzeug hetzt, immer wissen, wie spät es ist.« Der Wecker kommt wieder her. »Allerdings«, bedenkt Toplitz, »hat ein Topmanager wie dieser eine Sekretärin, die ihn auf die Zeit aufmerksam macht.« Der Wecker kommt wieder weg. »Nun ist aber diese Sekretärin, laut Handlung, in mich verliebt und hat andere Dinge im Kopf als die Uhr.« Der Wecker kommt wieder her. Natürlich werden solche Entscheidungen nicht von einem Moment zum andern getroffen – es dauert oft Stunden, bis eine derartig wichtige Frage entschieden ist –, dann kommt die nächste, und die Probe ist im Eimer.

Ich hatte Toplitz auf der Straße getroffen. »Hast du kein Engagement für mich?« fragte er. »In vier Wochen bin ich wieder für ein Jahr ausgebucht. Bloß jetzt. Ich brauche Theaterluft.«

Ich wußte, daß er Geld brauchte und keine Theaterluft. »Ich hätte etwas für dich«, sagte ich, »eine kleine Rolle –

aber wir stehen unter Zeitdruck. Wenn du mir versprichst, die Proben nicht aufzuhalten –?«
»Ich verspreche es.«
»Okay!«
Nun spielte Toplitz den Buchhalter Robitschek zu Beginn des 1. Aktes. »Sie werden sehen«, jammerte Zebisch, »er wird Schwierigkeiten machen!« Ich lehnte seinen Einwand ab: »Ich bürge für ihn.«
»Fangen wir an!« kommandierte Zebisch aus dem dunklen Zuschauerraum und schrie: »Ruheeee!« Jeder Regisseur schreit zu Beginn einer Probe »Ruheeee!« auch wenn man nicht einmal das Steigen des Defizits hört.
»Toplitz! Sie sitzen am Schreibtisch und rechnen!«
Toplitz blickte unentschlossen vor sich hin. »Wäre es nicht vielleicht besser – –«
»Nein!« schnitt Zebisch ihm vom Anfang an das Wort ab. »Das wäre schlechter! Wir haben keine Zeit zum Palavern! Fräulein Walcher! Sie kommen!«
Die kleine Walcher trat auf. »Guten Morgen, Herr Robitschek!«
»Moment!« Toplitz kam zur Rampe. »Ich finde, daß ›Robitschek‹ nicht der richtige Name für diesen Menschen ist.«
»Warum nicht?« fragte Zebisch erstaunt.
»Er ist zu gewollt. Zu direkt. Wie heißt ein Buchhalter in einem Schwank? Robitschek. Stimmt. Aber der Name paßt nicht zu diesem Mann. Dieser Mann ist kein gewöhnlicher Buchhalter. Ich habe das Buch gelesen. Es findet sich nirgends ein Hinweis darauf, daß dieser Mensch sich jemals hätte etwas zuschulden kommen lassen. Dieser brave, ehrliche Sklave, dieser treue Diener seines Herrn, würde wohl einen ausgefalleneren Namen verdienen.« Was will er? Die Rolle ist mit dem

1. Auftritt erledigt. Warum will er nicht ›Robitschek‹ heißen?
»Ich habe es gewußt!« zischte Zebisch vor sich hin. Dann rief er ungeduldig hinauf: »Nennen Sie ihn, wie Sie wollen! Wir müssen weitergehen!«
»Wie wäre es mit Philipps?«
»Meinetwegen Philipps!«
»Das ist unmöglich!« mischte ich mich ein. »Philipps ist kein Name für einen Buchhalter! Philipps ist ein Konzern!«
»Dann Philipp ohne ›s‹?«
»Philipp ist der Mann von Prinzessin Anne, Philipp ist der Gunter, Philipp sind Fürsten, Herzöge, Könige, aber keine Buchhalter!« »Das ist doch wirklich unwichtig!« schrie Zebisch jetzt mich an.
»Schreien Sie nicht mit mir!« brüllte ich zurück.»Das ist, im Gegenteil, sehr wichtig! Sollen meine Kollegen mich auslachen, weil mein Buchhalter Philipp heißt? Bei mir hieß noch jeder Buchhalter Robitschek, und auch dieser wird Robitschek heißen!«
»Eigenartig«, sagte jetzt Toplitz ironisch. »Zuerst bitten Sie mich, diese Rolle zu übernehmen und dann –?!«
»*Ich* habe Sie gebeten?« schrie ich und griff mir ans Herz. »Schluß jetzt!« schrie Zebisch – und entschied: »Der Buchhalter heißt Philipp! Fräulein Walcher – vom Anfang!«
Die kleine Walcher tritt auf. »Guten Morgen, Herr Philipp!« Sie kichert.
»Warum kichern Sie?« brüllt Zebisch.
»Es kommt mir so komisch vor. Ich hatte es mir schon so eingelernt.« »Es ist ja auch zum kichern!« schreie ich. »Ein Buchhalter, der Philipp heißt!«
»Dürfte ich einen Kompromißvorschlag machen?« fragte

Herr Ender, der Liebhaber. »Ich kenne einen netten Herrn namens Reichl – er ist ebenfalls Buchhalter. Wäre das nicht ein Name?«
»Meinetwegen!« stöhnte Zebisch. »Reichl, Speichl – nur weiter, weiter! Fräulein Walcher!«
»Guten Morgen, Herr Speichl!«
»Reichl! Wollen Sie mich zum besten halten?«
»Verzeihung, ich habe mich versprochen . . .«
»Noch einmal!« donnerte Zebisch.
»Guten Morgen, Herr Reichl!«
»Speichl! Himmelherrgottnocheinmal!«
»Sie sagten Reichl . . .«
»Sie hat recht«, nahm sich die komische Alte der Kleinen an.
Der Buffo erschien. »Heiße ich jetzt auch Reichl?« fragte er. »Ich bin schließlich sein Neffe.«
»Wie hießen Sie bisher?«
»Robitschek.«
»Dann heißen Sie Speichl.«
»Reichl.«
»Reichl.«
»Wie ist es dann mit dem 1. Aktschluß?« erkundigte sich die Naive. »Wenn ich dem neuen Chef das Personal vorstelle, habe ich zu sagen: ›Hier am Schreibtisch vis-à-vis – sehen Sie Fräulein Rosmarie. Hier, seit Jahren am selben Fleck – finden Sie Herrn Robitschek!‹ Da muß ich jetzt Speichl sagen?«
»Reichl!«
»Reichl. Aber das reimt sich nicht.«
»Das muß sich nicht reimen!«
»Man ruiniert mir das Stück!« jammerte ich.
»Ich denke«, warnte der Inspizient, »daß wir den Namen ›Reichl‹ besser vermeiden sollten. Herr Reichl ist

unsere Verbindung zum Rathaus. Auch ›Speichl‹ würde er uns übelnehmen.«
»Dann nehmen wir doch einen ganz andern Namen«, schlug der Komiker vor. »Einen blöden, den es gar nicht gibt.« Er dachte kurz nach. »Katzenbeißer.«
Alle lachten – die Souffleuse begann zu weinen.
»Was ist jetzt wieder los?« tobte Zebisch.
»Mein verstorbener Mann hieß Katzenbeißer.«
»Entschuldigung«, murmelte der Komiker.
»Was soll ich jetzt sagen?« fragte, ziemlich verzweifelt, die kleine Walcher.
»Sagen Sie, was Ihnen einfällt!« brüllte Zebisch zur Bühne hinauf. »Und keine Unterbrechungen mehr! In zehn Tagen muß ich mit diesem Mist fertig sein!«
»Mist?« wiederholte ich gereizt. »Diesen Mist habe *ich* geschrieben!«
»Na gut«, brummte Zebisch.
»Das ist keine Antwort!« schrie ich.
»Wenn Sie es wissen wollen – Dürrenmatt ist er keiner!« schrie Zebisch zurück.
»Er ist auch nicht durchgefallen!«
»Sie meinen, er ist *noch* nicht durchgefallen!« Zebisch lief rot an. »Fräulein Walcher!« rief er. »Sie sagen ›Guten Morgen, Herr Müller!‹«
Toplitz erhob sich. »Dann kann die Rolle ein anderer spielen«, sagte er. »Ich spiele keine Müllers.«
»Ach so?« Der Intrigant kam auf die Bühne. Er war Betriebsrat des künstlerischen Personals. »Was haben Sie gegen diesen Namen? Ich und vier unserer Kollegen heißen Müller. Fräulein Leslie, Frau Brixen, Herr Hardt und Herr Feiling. Wenn Sie sich nicht innerhalb von fünf Minuten bei den genannten Herrschaften entschuldigen, brechen wir die Probe ab.«

»Entschuldigen?« Toplitz war starr. »Wegen einer solchen Lappalie soll ich mich entschuldigen? Nie und nimmer!«
Inzwischen hatte sich das technische Personal, der Portier sowie die Hausfeuerwehr mit dem künstlerischen Personal solidarisch erklärt. Die Betriebsräte traten zusammen. »Kolleginnen und Kollegen!« wandte der Hauptbetriebsrat sich an die Mitglieder.»Die Probe ist zu Ende – Sie können nach Hause gehen.«
»Warten Sie!« weinte Zebisch und hängte sich an den Mantel des Hauptbetriebsrats. »Entschuldigen Sie sich, Toplitz! Wenn die Premiere nicht herauskommt, ist die Zukunft des Theaters gefährdet.«
»Zuerst soll sich der Autor bei mir entschuldigen. Es ist eine Zumutung, mir eine derartige Rolle anzubieten.«
»Ich entschuldige mich«, sagte ich zerknirscht.
»Dann entschuldige ich mich auch.«
»In Ordnung«, sagte der Hauptbetriebsrat. Die Gewerkschaft hatte wieder einen Sieg errungen.
In diesem Augenblick betrat der Direktor des Hauses den Zuschauerraum. »Wie weit sind Sie?« fragte er Zebisch.
»Noch am Anfang. Die Herren können sich über den Namen des Buchhalters nicht einigen.«
»Des Buchhalters? Damit verschwenden Sie die kostbare Zeit? Wie heißt ein Buchhalter in einem Schwank? Robitschek.«
»Robitschek!« Toplitz atmete auf. Er hatte bereits gefürchtet, sein Engagement zu verlieren. »Das ist die Lösung!«
»Dann fangen wir an, Fräulein Walcher!«
»Guten Morgen, Herr Robitschek!«
Jetzt wissen Sie, was eine »Probenbremse« ist.

Ein Geschäft ist ein Ort, an dem der eine möglichst teuer verkaufen möchte, was der andere möglichst billig haben will.

Man trägt wieder Hut

Merischl hat ein Geschäft. Ein Hutgeschäft. Er verkauft Herrenhüte. Er *will* sie verkaufen. In den drei Wochen, seit er das Geschäft besitzt, hat noch niemand einen Hut gekauft. Merischl hat dem Slogan »Man trägt wieder Hut« vertraut, aber er hat sich getäuscht. Fast kein Herr trägt heute einen Hut, und *die* einen tragen, kaufen ihn nicht bei ihm.

Merischl wird unruhig. Die Rechnungen häufen sich, die Erlagscheine flattern ins Haus. Er sucht um einen Waffenpaß an. Auf die Frage des Beamten: »Haben Sie Angst vor Räubern?« antwortet Merischl: »Vor Räubern nicht – vor Gläubigern.«

Der Schuldenberg wächst. Merischl ist überzeugt, daß Geld nicht alles ist und daß es höhere Dinge gibt als Geld. Man müßte bloß wissen, welche es sind und seine Frau davon überzeugen können.

Merischls Frau läßt sich nicht überzeugen. »Schau dir den Leberbaum an«, sagt sie. »Er wäre imstande, den Eskimos Kühlschränke zu verkaufen. Weil er tüchtig ist. Aber du?« Sie hat recht. Merischl ist nicht tüchtig, sonst hätte er kein Hut-, sondern ein Schuhgeschäft. Schuhe *müssen* die Leute tragen. Aber Hüte? Zu allem Pech hat er sich noch einen Angestellten genommen.

»Wie oft habe ich Ihnen schon gesagt, daß Sie bei der Arbeit nicht pfeifen sollen?!« herrscht er ihn an.

Der Angestellte wundert sich. »Ich habe nicht gearbeitet«, verteidigt er sich, »ich habe *nur* gepfiffen.«

»Stauben Sie die Regale ab!«

Der Angestellte staubt die Regale ab. Zum drittenmal an diesem Vormittag. Plötzlich geht die Tür auf. Ein Kunde tritt ein. Merischl stürzt hinter den Ladentisch.

»Sie wünschen?« fragt er höflich lächelnd.

»Zehn Deka Salami.«

»Ich habe keine Feinkosthandlung.«
»Was denn haben Sie?«
»Ein Hutgeschäft.«
»Was verkaufen Sie?«
»Hüte.«
»Warum fragen Sie dann, was ich wünsche?«
Merischl hält sich zurück. Der Kunde ist ein seltsamer Kunde, aber ein Kunde.
»Sie wünschen also einen Hut?« fragt er mit dem Charme eines Huthändlers, der unter allen Umständen ein Geschäft machen will.
»Anscheinend«, sagte der Kunde. »Oder glauben Sie, daß ich gekommen bin, um Ihnen das Geschäft abzukaufen?«
Wärst du doch deshalb gekommen, dachte Merischl seufzend. Laut aber fragte er: »Welche Farbe darf es sein? Blau, Grau, Grün, Braun, Schwarz?«
»Zeigen Sie mir etwas, dann werde ich mich entscheiden.«
»Wenn ich vielleicht erst die Kopfgröße feststellen dürfte?« Merischl nahm das Maßband. Kopfgröße? Das war kein Kopf, das war ein Ballon. Einen Hut in dieser Größe gibt es nicht. Merischl wußte das, aber mit dem Mut der Verzweiflung war er entschlossen, dem Mann eine Kopfbedeckung zu verkaufen, und wenn es ein Suppentopf wäre. »Vielleicht versuchen Sie diesen?« Er reichte dem Kunden einen grauen Velourhut. Der Mann setzte ihn auf. Der Hut sah aus, als ob er auf dem Kopf des Trägers eine Notlandung vollzogen hätte.
»Zu klein«, sagte der Mann und nahm ihn wieder ab.
»Dann vielleicht den da?« Merischl nahm einen grünen Lodenhut vom Ladentisch, der – kaum auf dem Kopf des Kunden – von selber hochsprang.

»Für meinen Kopf werden Sie nicht so bald etwas finden«, meinte der Kunde und lächelte hämisch.
Ich werde etwas finden, dachte Merischl wütend: eine Hacke, einen Ziegel-, einen Pflasterstein.
»Auf meinem Kopf hält kein Hut.«
Es wird einer halten, dachte Merischl wieder, und wenn ich ihn mit Leim ankleben müßte.
»Mir wollten schon viele einen Hut verkaufen, aber es ist noch keinem gelungen.«
Mir wird es gelingen, dachte Merischl verbissen und setzte dem Kunden einen blauen Plüschhut auf.
»Zu klein«, sagte der Kunde und freute sich.
»Dann versuchen Sie diesen!«
»Zu klein.«
»Den da!«
»Zu klein.«
»Den da!«
»Zu klein. Es gibt keinen Hut, der auf meinen Kopf paßt.«
»Und wenn ich Ihnen beweise, daß es einen gibt?«
»Dann werde ich ihn kaufen«, sagte der Kunde belustigt, »das schwöre ich Ihnen. Aber machen Sie sich keine allzu großen Hoffnungen.«
In Merischl kochte es. Der Mann war gekommen, um ihn zum besten zu halten.
»Probieren Sie diesen!«
Der Mann sang nach der Melodie des »o je, o je« aus der »Fledermaus«: »Zu klein, zu klein, zu klein, zu klein!«
Merischl gab sich geschlagen. » Sie haben recht«, sagte er traurig, »ich gebe es auf. Sie haben nämlich keinen Kopf – Sie haben einen Kürbis.«
»Was erlauben Sie sich?« rief der Mann empört. Der

Angestellte, der eben eine Fliege gefangen hatte, ließ sie erschrocken wieder los.

»Entschuldigen Sie«, sagte Merischl bestürzt, »meine Nerven sind mit mir durchgegangen. Das ist mir noch nie passiert. Nehmen Sie doch einen Augenblick Platz und trinken Sie einen Kognak mit mir!« Der Mann setzte sich, wenn auch widerwillig, dem Spiegel gegenüber.

»Prost! Ich nehme an, daß Sie Geschäftsmann sind wie ich?«

»Herrenkleider«, brummte der Mann. »Mein Name ist Lenzmayer.«

»Da wissen Sie doch, was es heißt, heutzutage ein Geschäft zu führen.«

»Ob ich das weiß!« Lenzmayer seufzte.

»Gibt es bei Ihnen auch Aufregungen?«

»Täglich. Vorige Woche habe ich einem meiner Kunden eine Rechnung geschickt und dazugeschrieben, daß sie genau ein Jahr alt ist.

Wissen Sie, was er geantwortet hat? Herzliche Glückwünsche zum Geburtstag!«

»Eine Frechheit!«

»Und diese Gläubiger! Wie zähe sie sind! Und wie alt sie werden! Einen habe ich jetzt schon fünfundzwanzig Jahre.«

»Und diese Steuern!« bemerkte Merischl lauernd.

»Damit hören Sie mir auf. Früher ist man in Konkurs gegangen – heute bringt ihn das Finanzamt ins Haus. Wenn ich das Wort ›Steuer‹ höre, werde ich wahnsinnig! Dann gehe ich aus – nur um Hüte zu probieren – damit andere Geschäftsleute auch ihren Ärger haben!«

»Ich kann Sie verstehen.« Merischl nahm, wie spielend, einen grünen Wetterhut vom Ladentisch, hielt ihn über Lenzmayers Kopf und besah sich das Bild prüfend im

Spiegel. »Wissen Sie übrigens«, sagte er dann wie von ungefähr, »daß die Einkommensteuer wieder erhöht wird?«
»Nicht möglich!« rief Lenzmayer starr.
»Auf das Doppelte«, sagte Merischl und ließ den andern nicht aus den Augen.
»Das gibt es nicht!« Lenzmayers Gesicht lief rot an.
»Wenn ich es Ihnen sage?« Merischl ließ keinen Blick von dem Gegner.
Lenzmayer schäumte vor Wut. »Das ist eine Unverschämtheit!« tobte er, sprang auf und fuhr mit aller Wucht mit dem Kopf in den von Merischl bereitgehaltenen Hut.
»Paßt!« sagte Merischl ruhig. »480 Schilling – packen Sie ihn ein, Josef!«

Man soll kein Hutgeschäft haben, in einer Zeit, in der es so wenig Köpfe und so viele Großkopferte gibt.

Meine junge Nichte fuhr nach Paris, ohne die französische Sprache zu beherrschen. Ehe sie den Männern sagen konnte, daß sie nicht das ist, wofür sie sie halten, war sie es schon. Deshalb sage ich immer:

Fremdsprachen lernen!

Ich kann Englisch. Leider nicht gut genug, um meine Werke selber ins Englische übersetzen zu können, und da dies mein sehnlichster Wunsch war, ging ich hin und nahm Unterricht. Mein Lehrer war Dr. Borger. (Wie ich später erfuhr, stand das »Dr.« nicht für Doktor, sondern für Dragomir. Borger war Rumäne.) Als Student hatte er vor undenklichen Zeiten Nachhilfestunden in Englisch erteilt, war dann Journalist geworden, hatte sich später in der Emigration wieder mit seinen Englischkenntnissen durchgebracht und war nun seit Jahren in Pension. Aber er besaß immer noch seine von ihm selbst erdachte Unterrichtsmethode. Sie war nicht schlecht. An Hand einer gewissen Familie Johnson, die man durch alle Stationen (stations) ihres Lebens begleitete, lernte man, sich englisch auszudrücken. Zum Beispiel:
First lesson: Mr. and Mrs. Johnson have just married. Mr. und Mrs. Johnson haben eben geheiratet. Haben Mr. und Mrs. Johnson eben geheiratet? Ja, Mr. und Mrs. Johnson haben eben geheiratet. Wann haben Mr. und Mrs. Johnson geheiratet? Mr. und Mrs. Johnson haben eben geheiratet. Hat Mr. Johnson Mrs. Miller geheiratet? Nein, Mr. Johnson hat Mrs. Johnson geheiratet. Hat Mrs. Johnson Mr. White geheiratet? Nein, Mrs. Johnson hat Mr. Johnson geheiratet. Das alles in einem Gemisch von deutsch und englisch, wobei er die englischen Wörter besonders deutlich hervorhob. Why hat Mr. Johnson nicht Mrs. Miller and why hat Mrs. Johnson nicht Mr. White geheiratet? Ich wußte es nicht. Ich wurde langsam nervös. Warum fragte Borger soviel, wo er die Leute anscheinend kannte? Vielleicht gehörte es dazu. Auf alle Fälle wußte ich jetzt, daß Mr. und Mrs. Johnson eben geheiratet hatten.
Ich kam nach Hause. »Was gibt es Neues?« fragte mei-

ne Frau. »Nichts Besonderes. Mr. und Mrs. Johnson haben eben geheiratet.« Ich ging auf mein Zimmer. Meine Frau sah mir nach, als ob ich verrückt geworden wäre. Wer ist Mr. Johnson? Wen hat er geheiratet?
Am nächsten Tag kam die second lesson. Mr. and Mrs. Johnson had a house. Ich freute mich für sie. It was not a big house, it was a small house. Es war kein großes Haus, es war ein kleines Haus, und es war nicht zu glauben, was die Johnson drinnen alles untergebracht hatten. Allein der living-room war vollgestopft mit Vokabeln für Borgers Schüler. Da gab es big tables, small tables, big chairs, small chairs, Teppiche in green, red, blue and yellow, da gab es Schränke und Kommoden, einen Kamin, eine Bar, ein Klavier, eine Orgel, eine Baßgeige, ein Schlagzeug, da waren Bilder on the walls, Lampen und Luster und – da die Johnsons Tierliebhaber waren – a cat and a dog. In einem cage – einem Käfig – zwitscherte ein canary, in einem andern saß ein Papagei und sagte: »My name is Coco!« Andere süße Vögel, wie Adler, Schleiereulen und Lämmergeier, flogen in dem kleinen Garten herum, der sich neben dem Haus befand. Dort gab es auch lions, wolves (Wölfe) und elephants, so daß ich bereits von einer großen Anzahl von Tieren wußte, wie sie im Englischen heißen. Das war eben Borgers Methode.
Nun kamen die Fragen: »Who is playing the piano? Mr. Johnson or the elephant?« Da ich mir nicht vorstellen konnte, daß der Elefant Klavier spielen würde, sagte ich: »Mr. Johnson is playing the piano.« »Sehr gut!« meinte Borger, aber schon wurde es schwieriger. »Who is playing the organ? The wolf or the lion?« Wer spielte wirklich die Orgel? Der Wolf oder der Löwe? »Keiner von beiden«, sagte ich kurz entschlossen. »Falsch!« rügte

mich Borger. »Der Löwe spielt die Orgel. Mr. Johnson hat ihn dressiert«. Das konnte ich nicht wissen. Sonst spielte übrigens keines der Tiere ein Instrument. Johnson spielte alles was in dem Zimmer herumlag, hing und stand. Schlagzeug, Violine, Baß, Saxophon, Klarinette, Gitarre usw. Mr. Johnson schien ein äußerst musikliebender Mensch zu sein. Aber wir waren noch nicht fertig. »Was sagte der Papagei in the cage?« fragte Borger. »Der Papagei in the cage sagte: ›My name is Coco!‹« antwortete ich. »Gut! Der Papagei hat sich Ihnen vorgestellt. In so einem Fall haben sie zu sagen: ›Glad to meet you!‹« Ich begriff. Wenn jemand sagt: »My name is Coco!« habe ich zu sagen: »Glad to meet you!«

Frau Borger brachte Kaffee. Ich war etwas durchgedreht. »Glad to meet you!« sagte Frau Borger, worauf ich antwortete: »My name is Coco!« Es war ihre Schuld. Hätte sie gesagt: »My name is Coco!« hätte ich gesagt: »Glad to meet you!«

Am nächsten Tag ging die Lektion weiter. Ich erfuhr, daß die Johnsons im 1. Stock ihres kleinen Hauses two bedrooms sowie einen Raum für ein Kinderzimmer hatten. Heavens, durchfuhr es mich auf englisch, Mrs. Johnson wird doch nicht etwa schon –? Sie war etwa schon. Borger verriet es mir hinter der vorgehaltenen Hand. »Mrs. Johnson is erwartend a baby!« lächelte er glücklich.

Beschwingt eilte ich nach Hause. »Mrs. Johnson is erwartend a baby!« rief ich meiner Frau freudestrahlend zu und ging in die Küche. Ich fühlte, daß sie mir besorgt nachsah. Wenn schon! Das Ereignis mußte gefeiert werden. Ich nahm eine Flasche Sekt aus der Icebox, sagte »Cheerio!« und trank sie aus. Glücklich sinnierte ich vor mich hin. »Die kleine Mrs. Johnson!« flüsterte ich zärtlich. »Ob es ein Junge wird oder ein Mädel?« Ich trank eine zweite Flasche. Mit einer dritten in der Hand torkelte ich in das Schlafzimmer.

Meine Frau weinte. Why?

Ich konnte die fourth lesson kaum erwarten. Hoffentlich hat Mrs. Johnson nicht sehr gelitten als sie das baby bekam. In meiner Vorstellung war sie eine zarte Person, während ich in ihm einen unangenehmen Riesen sah. Borger hüllte sich in Schweigen. Wollte er mich schonen oder wollte er mich auf die Folter spannen? Er begann: »Mr. and Mrs. Johnson were sitting in the garden of their house. It was not a big house –« »It was a small house!« fiel ich ungeduldig ein – und dachte: Das weiß ich bereits, du Trottel! Was mich interessiert, ist wie es Mrs. Johnson geht. Okay, sie was sitting, aber vielleicht war es noch gar nicht soweit und es stand ihr noch alles bevor? Ich hing an Borgers Lippen. »›Tonight we'll have a Gewitter!‹ sagte Mr. Johnson. ›Well‹, antwortete Mrs. Johnson, ›ich will bringen Little-Joe into the house.‹« Joe, jubelte ich inside. Es war ein Junge! Aber ich hatte mich geirrt. Joe war der Hund. Der Junge war ein Mädchen und hieß Alice. »Wo ist Klein-Alice?« fragte Mr. Johnson. ›Sie spielt am Strand‹, sagte Mrs. Johnson« – diesmal alles auf englisch. »Strand?« wunderte ich mich. »Mr. Johnsons Haus liegt am Strand?« »Am Meeresstrand«, belehrte Borger mich. »Of course, it was not a big house –« »It was a small house!« unterbrach ich ihn. »Ich wußte bloß nicht, daß es an einem Strand liegt!« »Nur mit der frontside«, beruhigte mich Borger. »Die backside stößt an einen rock – einen Felsen – von dem a lovely waterfall – ein lieblicher Wasserfall – herunterrieselt. Rechts von dem Haus fließt ein river – ein

Fluß – während links von dem Haus ein munterer creec – ein Bach – plätschert.« Ob das nicht zuviel Wasser für das Kind ist? Das Haus mußte durch und durch feucht sein. Ich hielt es, gelinde gesagt, für unverantwortlich von Mr. und Mrs. Johnson, ein kleines Mädchen wie Alice in einem solchen Haus aufzuziehen. Ob das gut enden wird? Sicherlich war es *sein* Wunsch. Ich haßte ihn.

»Was ist los mit dir?« fragte mich meine Frau, als ich nach Hause kam. »Du siehst so bedrückt aus.«

»Es ist wegen des Kindes«, entgegnete ich. »Ich mache mir Sorgen. Vorne ist das Meer, hinten der Wasserfall, links der Fluß und rechts der Bach?« Ich ging kopfschüttelnd auf mein Zimmer. Meine Frau eilte zum Telephon.

Als ich wieder herauskam, fand ich meinen Freund Dr. Pinter vor. Pinter ist Psychoanalytiker, seine Spezialität ist die Traumdeutung.

»Servus!« begrüßte ich ihn.

»Servus!« antwortete er mit einem Blick, in dem das ganze Unbehagen der Kultur lag. »Deine Frau erzählte mir eben, daß du heute nacht schlecht geträumt hättest.«

»Ich? Ich habe überhaupt nicht geträumt.«

»Und Alice?« schrie meine Frau. »Du hast die ganze Nacht nach ihr gerufen!«

»Alice ist ein Kind.«

»Und du bist der Vater!«

»Der Vater ist Mr. Johnson! Willst du mir eine Szene machen?«

»Ich lasse mich scheiden!«

»Freunde . . .«, stammelte Dr. Pinter.

»Laß sie! Ich habe mir bloß Sorgen wegen des Mädchens gemacht. Sie waren unnütz. Mrs. Johnson wird schon care von ihr taken. Freilich«, fiel ich in meinen früheren Zustand zurück, »wenn ich bedenke, daß der Garten voller Löwen, Wölfe und Elefanten ist? I see you later!« Ich ging. Die beiden starrten mir nach. Draußen hörte ich meine Frau laut aufschluchzen. Wie ich später erfuhr, ließ Pinter für mich ein Zimmer in der Psychiatrischen Klinik reservieren.

Fifth lesson. Ich hatte es geahnt. Alice hatte Lungenentzündung und lag im Spital. Sie hatte aber auch Scharlach, die Masern und two broken legs. Mr. Johnson, der an der Beulenpest erkrankt war, wurde der Blinddarm herausgenommen, und Mrs. Johnson hatte Kopfschmerzen, was mich nicht wunderte. Die Johnsons verfolgten mich. Ich wurde sie nicht los. Was kümmerte es mich, daß Johnsons Geschäft pleite ging, daß er Busfahrer werden mußte (eine Gelegenheit, bei der Borger mich eine Cityfahrt durch London machen ließ, wobei er mich mit allen Sehenswürdigkeiten vertraut machte), was ging es mich an, daß Joe eingegangen und Mrs. Johnsons Mutter verstorben war? Natürlich lernte ich dadurch viele Wörter kennen. Ich wußte, daß shawl Schal heißt und shilling Shilling – und shovel Schaufel und bubonic plague Beulenpest. Aber das allein war es nicht. Das Schicksal der Johnsons ging mir nahe. Näher als das irgendeines Verwandten. Und ich konnte nicht helfen. Daß ich in Mrs. Johnson verliebt war, wußte ich längst. Auch meine Frau wußte es. Ich hatte die Hölle zu Hause. Und Borger? Als ich ihm mein Bedauern über das Ableben von Mrs. Johnsons Mutter aussprach, sagte er lachend: »She was an old foolish woman. Sie war eine alte, verrückte Frau!« Und als ich ihm vorwarf, daß er kein Pietätsgefühl habe, meinte er, es wäre ein

Scherz gewesen. Sollte das möglich sein? Konnte man in England eine ältere Dame »an old foolish woman!« nennen?
Ich hielt bei der 26th lesson. »Mr. and Mrs. Johnson are taking a walk«, sagte Borger und sah mich eigentümlich an. Was hatte er? Warum sollten Mr. und Mrs. Johnson keinen Spaziergang machen?
»Suddenly – plötzlich«, fuhr er fort, »kam ein car um die Ecke«. Ein Auto? Und plötzlich? »Nein!!!!« schrie ich auf. »Yes!« sagte Borger und lachte diabolisch. »Mörder!« rief ich. »Sie wollen sie töten!« Ich wollte nicht dabei sein. Ich stürzte aus dem Zimmer. Draußen hörte ich noch sein teuflisches Gelächter. Ich fiel zu Boden. Herzinfarkt.
Als ich wieder gesund war, fand ich ein Telegramm aus London vor: Mr. Daniel Gaylord, der große englische Verleger, bat mich zu einer Besprechung. Ich flog nach London und war sofort Gast einer mir zu Ehren gegebenen Party.
Mein Englisch war tadellos, nur paßten die Sätze, die ich sagte, nicht zu jenen, die die andern sagten. Als Mr. Gaylord mich fragte: »How do you like the Buckingham-Palace« und ich sagte: »Well, it's not a big house, it's a small house«, sahen die Umstehenden einander seltsam an. Als man sich dann erkundigte, warum meine Frau nicht mitgekommen sei und ich antwortete: »Alice has the bubonic plague!« rückte man von mir ab, und als die Gattin des Verlegers bemerkte: »You're a charming gentleman!« und ich sagte: »You're an old foolish woman!« – ging ich. Das heißt, ich ging nicht – man warf mich hinaus.

Aus meiner englischen Edition wurde nichts.

Dafür schrieb ich mit Borger eine TV-Serie: »The Johnsons – eine englische Familiengeschichte«, die die »Forsyth-Saga« und »Das Haus am Eaton-Place« bei weitem übertraf.

Ein großer Spötter sagte: »Das Schlechte an der Ehe sind die vierzig Jahre, die nach den Flitterwochen kommen.« Ich weiß nicht mehr, von wem diese Worte stammen – von Aristophanes, von Nestroy oder von mir – auf alle Fälle stimmen sie nicht. Die Ehe hat ihre UP and DOWNS, wie der Amerikaner sagt. Eheleute reden nach fünf Jahren Ehe anders miteinander als nach zwanzig oder vierzig Jahren. Zum Beweis:

Szenen einer Ehe

(nicht von Ingmar Bergman)

a) Nach fünf Jahren Ehe

(ER, 30, SIE 25, sitzen in der Polsterecke. ER rechnet.)

Sie: Also?
Er: Was also?
Sie: Ich habe dich etwas gefragt, Schatz.
Er: Was, Liebling? (Er hört zu rechnen auf)
Sie: Ich habe dich gefragt, ob du dich schon entschieden hast wegen des neuen Autos.
Er: Ja, Liebling.
Sie: Und?
Er: Wir kaufen es nicht.
Sie: Aber Schätzchen! Müllers, Meiers – alle haben schon einen neuen Wagen, nur wir fahren noch immer in dem alten VW herum.
Er: Es nützt nichts, Liebling. Wir haben uns einen Bungalow gekauft, weil Müllers und Meiers einen haben, und wir haben uns einen Swimming-pool gekauft, weil Müllers und Meiers einen haben. Jetzt müssen wir sparen.
Sie: Aber Schatz!
Er: Bedenke doch, Liebling! Wir haben noch eine Menge Raten zu bezahlen. Sogar unser Kind gehört erst zu zwei Drittel uns. Den Rest sind wir noch der Klinik schuldig.
Sie: Wegen der Bezahlung brauchst du dir keine Sorgen zu machen, Schatz! In dem Prospekt, den uns der Autohändler geschickt hat, steht: Kaufen Sie jetzt, bezahlen Sie später.
Er: Das steht im Prospekt, aber du weißt nicht, wie schnell es später ist, wenn man jetzt kauft. Wenn uns dein Vater noch etwas borgen würde . . .

Sie: Das ist aussichtslos.
Er: Er kann doch sein Geld nicht mit sich nehmen?
Sie: Er kann es nicht mit sich nehmen, aber er will es behalten, solange er noch da ist. Bitte, bitte Schatz, sag ja – ich werde dann lange keine Wünsche mehr haben.
Er: Du willst also einen neuen Wagen, Liebling.
Sie: Ja. Einen besonderen, überseeischen, wie ihn nicht jeder hat.
Er: Einen besonderen, überseeischen, wie ihn nicht jeder hat?
Sie: Ja!
Er: Du sollst einen bekommen.
Sie: Was für einen, Schatz?
Er: Eine chinesische Rikscha, Liebling!

b) Nach zwanzig Jahren

(ER, 45, Sie, 40, sitzen in der Polsterecke. ER liest Zeitung.)

Sie: (liebenswürdig) Na?
Er: Was na?
Sie: Schau mich an!
Er: Moment.
Sie: (gereizt) Immer Moment! Ich möchte wissen, was dir an der dummen Zeitung so gut gefällt!
Er: Daß sie mich nicht beim Lesen stört.
Sie: Ich glaube, du hast keine Ahnung, was heute für ein Tag ist.
Er: Mittwoch.
Sie: Und? Heute vor zwanzig Jahren haben wir geheiratet.

Er: (wundert sich) Aber?! (Er legt die Zeitung weg)

Sie: (hat sich beruhigt) Erinnerst du dich noch, wie wir uns kennenlernten?

Er: Natürlich. Auf der Kreuzfahrt im Mittelmeer.

Sie: Richtig! Du sagtest: »Was kann es für ein junges Mädchen Schöneres geben als auf dem Wasser zu flirten?«

Er: Und *du* sagtest: »Auf dem Festland zu heiraten.«

Sie: Du sprachst mit Papa und er hat »Ja« gesagt.

Er: Kunststück! Hätte er »Nein« sagen sollen?

Sie: (seufzt tief auf) Ach ja!

Er: Woran denkst du?

Sie: An nichts.

Er: An nichts kann man nicht denken.

Sie: Doch. Ich denke an das Geschenk, das ich heute von dir bekommen habe.

Er: Du hast ein Geschenk erwartet?

Sie: Zumindest eine Aufmerksamkeit. Ein kleines Schmuckstück mit der Gravierung: »Meiner lieben, teuren Klothilde zur Erinnerung an unseren 20. Hochzeitstag.«

Er: Sag gleich, daß du mit einem Armband gerechnet hast. Warum hätte ich dir am 20. Hochzeitstag etwas schenken sollen?

Sie: Für zwei Jahrzehnte Frondienst! Ich bin doch nur deine Angestellte! Nirgendshin nimmst du mich mit! Die Leute müssen glauben, daß ich deine Köchin bin!

Er: Nicht die, die bei uns gegessen haben.

Sie: (aufbrausend) Willst du damit sagen, daß ich nicht kochen kann?

Er: Du kannst schon kochen – ich kann es nicht essen.

Sie: (lenkt ein) Ach du! Warum bist du nicht wenigstens heute ein bißchen nett zu mir! In den ersten Jahren unserer Ehe hast du »Mausili« zu mir gesagt, später »Mausi« – heute sagst du nicht einmal mehr »Mau!« zu mir!

Er: Mau!

Sie: Komm! Küß mich!

Er: (seufzt) Alle zwanzig Jahre dasselbe! (Er küßt sie flüchtig)

Sie: (wird kokett) Sag mir . . . hast du mich eigentlich schon einmal betrogen?

Er: Wenn du es durchaus wissen willst – ja.

Sie: (gerät außer sich) Mit wem?

Er: Das sage ich nicht.

Sie: Ich will es wissen!

Er: Ich sage es nicht!

Sie: Ich will es wissen – oder ich springe aus dem Fenster!

Er: Spring – ich sags dir unten!

c) Nach vierzig Jahren

(ER, 70, SIE, 65, sitzen in der Polsterecke und starren auf den Fernsehapparat. Man spielt einen Krimi. Der Ton ist auf volle Lautstärke geschaltet. Auch der folgende Dialog wickelt sich in voller Lautstärke ab.)

Er: (schwerhörig) *Was* hat er gesagt?

Sie: (schrickt auf, schreit ebenfalls) Ich habe geschlafen. Was war?

Er: Das Mädchen ist aus dem Auto gesprungen, ist in ein Haus gelaufen und in eine Wohnung gestürzt! Jetzt ist sie dort mit dem Kommissar!

Sie: Das ist nicht der Kommissar! Das ist der Verbrecher!

Er: Was für einer?
Sie: Der mit den Pockennarben! Und das ist die Wohnung des Mädchens! Was hat der dort verloren?
Er: Die ist gut!
Sie: Wer?
Er: Die (betont die 1. Silbe) Loren!
Sie: Die spielt heute nicht mit!
Er: Ich habe sie als »Madame Sans Gêne« gesehen!
Sie: Die spielt heute nicht mit!!!
Er: Eine schöne Person!
Sie: *(gibt grimmig auf)* Ja!!!

(Der Krimi läuft weiter)

Sie: (schreit plötzlich) Wer ist das?
Er: (schrickt auf) Ich habe geschlafen! Was war?
Sie: Einer ist die Feuerleiter hinuntergestiegen, und ein anderer hat ihn erschossen!
Er: Ist das die Loren?
Sie: Die spielt heute nicht mit!
Er: Ich freue mich schon auf sie!

(Der Krimi läuft weiter)

Er: (schreit) Jetzt haben sie ihn!
Sie: (schrickt auf) Wer wen? Was war? Ich habe geschlafen!
Er: Der mit den Pockennarben hat eine Bank überfallen, und der Kommissar hat auf ihn geschossen! Und dann hat ein Chinese ihre Leiche auf dem Bahnhof in ein Schließfach gegeben!
Sie: Wessen Leiche?
Er: Der Loren ihre!

Sie: Die spielt doch nicht mit!!!

Er: Sie ist ein ganz anderer Typ geworden! Nicht zu erkennen!

(Der Krimi läuft weiter. Beide schlafen ein. Der Krimi ist zu Ende, auch die nächste Sendung ist vorüber – es läuft das Nachtprogramm, ein Pop-Konzert, das aus einer Halle mit zehntausend lärmenden Zuschauern live übertragen wird.

Die TOCHTER stürzt ins Zimmer und weckt die Eltern.)

Tochter: Mama, Papa! Ihr seid eingeschlafen, und der Apparat macht einen Krach, daß man ihn im ganzen Hause hört! Peter und die Kinder müssen früh aus den Betten!

Er: Du hast recht, Emmi, entschuldige! (zur Frau) Dreh den Apparat ab, Klothilde – und komm! Wir müssen unsere Schlafpulver nehmen!

Mencken sagt: Am besten heiratet der, der es aufschiebt, bis es zu spät ist.

Es gibt Gelegenheiten, wo man einfach dabeisein muß. Das ist die Geburt, das Begräbnis und ein Karajangastspiel. Deshalb heißt die nächste Satire:

Karajan
oder
Man muß dabeisein!

»Bist du fertig?«
»Noch zwei Minuten.«
Ich war verzweifelt. Das hörte ich jetzt seit einer Stunde.
»Beeil dich«, bat ich. »Die Oper beginnt um 19 Uhr, und wir haben 18 Uhr 10!«
»Die Wimpern von meinem linken Auge sind verrutscht«, klang es unwirsch aus dem Nebenzimmer.
»Das hast du schon vor einer halben Stunde gesagt!«
»Das waren die vom rechten.«
Man kann mit meiner Frau nicht ins Theater gehen, weil sie mit dem Anziehen nicht fertig wird. Warum fängt sie nicht früher damit an? Warum nicht? Ich bin ein Karajan-Fan. Karajan ist nach dreizehn Jahren nach Wien zurückgekehrt und dirigiert heute zum ersten Mal wieder in der Staatsoper. Die Hochzeit des Figaro. Ich bin ein Mozart-Fan. Karajan *und* Mozart – das kann ich mir nicht entgehen lassen. Natürlich war es fast unmöglich, Karten zu bekommen. Die Leute boten zehntausend Schilling für einen Sitz. Sogar die Mozartkugeln waren ausverkauft. Man mußte dabeisein, sonst war man nicht in. Und die andern waren sicher dabei. Der Antel, der Jürgens, der Heltau. Naiv wie ich bin, ging ich zur Tageskasse. Nachdem ich über eine Stunde lang Schlange gestanden hatte, erfuhr ich, daß es keine Chance gebe, auch nur den schlechtesten Sitz zu bekommen. Ich gab nicht auf. Ich ging ins Unterrichtsministerium.
»Bitte?« fragte man mich.
»Ich möchte den Herrn Unterrichtsminister sprechen.«
»In welcher Angelegenheit?«
»Ich möchte ihn um zwei Karten für die Oper bitten. Ich kenne den Herrn Unterrichtsminister persönlich.«
»Das nützt nichts. Der Herr Minister ist beim Herrn

Bundeskanzler. Er braucht selbst zwei Karten und hofft, daß ihm der Herr Bundeskanzler dazu verhelfen kann.«
Auf zum Bundeskanzler.
»Bitte?« fragte man mich.
»Ich möchte den Herrn Bundeskanzler sprechen.«
»Ich welcher Angelegenheit?«
»Ich möchte ihn um zwei Karten für die Oper bitten. Ich kenne den Herrn Bundeskanzler persönlich.«
»Das nützt nichts. Der Herr Bundeskanzler ist beim Herrn Bundespräsidenten. Er braucht selbst zwei Karten und hofft, daß ihm der Herr Bundespräsident dazu verhelfen kann.«
Auf zum Bundespräsidenten. Auf der Straße rief jemand meinen Namen. Ich wandte mich um – es war der Staatsoperndirektor. »Ich war auf dem Weg zu Ihnen«, sagte er. »Ich möchte Sie um zwei Karten für mein Theater bitten. Ich brauche sie für den Papst.« Aussichtslos.
Wie wir dann doch zu Karten gekommen sind? Erstens gehören meine Frau und ich zur Prominenz – und zweitens ist die Friseurin meiner Frau die Schwägerin eines Logenschließers, der zwar schon in Pension ist, der aber immer noch seine Beziehungen hat. Der Logenschließer brauchte eine Wohnung für seine Tochter, ich kannte den Prokuristen einer Wohnbaugesellschaft, der für seinen Sohn einen Posten als Ingenieur suchte, meine Frau war einmal mit einem Industriellen verlobt, der ein Visum nach China benötigte, wir verschafften dem Industriellen das Visum, der Industrielle stellte den Sohn des Prokuristen an, der Prokurist gab der Tochter des Logenschließers eine Wohnung, und wir bekamen die Karten! Und meine Frau vertrödelte die Zeit.
»Wie weit bist du?« fragte ich ungeduldig.

»Nur noch die Lippen.«
Ich atmete auf. Es war 18 Uhr 30. Ich wollte keine Minute dieses herrlichen Abends versäumen. Ich sah ihn vor mir: die Oper, die festlich gestimmten Menschen, den Jürgens, den Antel, den Heltau, ich hörte den Applaus – da war er! Er! Karajan! Er hob den Taktstock, ich hörte die ersten Takte der Ouvertüre – und dann die Sänger! José van Dam als Figaro, Frederica von Strade als Cherubin, Illeana Cotrubas als Susanna – die beste Susanna der Welt!
»Fertig!« sagte meine Frau. »Was für einen Mantel soll ich nehmen? Den Zobel oder den Nerz?«
»Den Zobel.«
»Du weißt aber, wie sie ihn in der Garderobe behandeln.«
»Dann den Nerz.«
»Natürlich werden alle im Zobel sein.«
»Dann den Zobel.«
»Ich will mich aber von den andern unterscheiden.«
»Dann den Nerz!«
Meine Frau verlor die Geduld. »Kannst du mir nicht *einmal* einen vernünftigen Rat geben?« schrie sie. »Andere Männer sagen ihren Frauen auch, welchen Mantel sie nehmen sollen!«
»Nimm den Regenmantel oder den Trachtenmantel! Nimm den Zobel und schlag den Nerz über den Arm! Nimm den Nerz und den Zobel drüber!« weinte ich. »Nimm den Bademantel, nimm was du willst, nur komm schon!«
Sie nahm den Persianer. Das Taxi stand seit einer halben Stunde vor dem Haus. Wir stiegen ein, fuhren los, blieben stehen.
»Schnell!« beschwor ich den Taxifahrer. »Wir haben

keine Zeit!« Der Mann wurde ausgesprochen ungnädig. »I kann net über die andern drüberhupfen«, entgegnete er gereizt. »Wenn S' des woll'n, müassen S' Ihna an Hubschrauber nemma!«
»Nein, nein!« beruhigte ich ihn. »Es ist schon gut so.«
Wir kamen zur Oper, natürlich als letzte. Die Presse hatte die Anwesenden sicherlich schon notiert. Den Jürgens, den Antel, den Heltau.
»Siehst du die Mäntel?« fragte meine Frau mich an der Garderobe. »Alle eingezwängt.«
»Ich bin nicht gekommen, um die Mäntel zu sehen, ich bin gekommen, um den Karajan zu sehen!« Ich schleifte sie zur Saaltür, wo uns bereits ein Platzanweiser erwartete.
»Die Karten, bitte«, sagte er höflich. Meine Frau starrte ihn an, als ob er ihre Tresorschlüssel verlangt hätte.
»Die Karten!« zischte ich. »Die kleinen Zettelchen, die so schwer zu bekommen waren!«
Meine Frau stand da, als hätte sie einen Schlag auf den Kopf bekommen. »Ich hab sie nicht«, stammelte sie.
»Waaas???« Applaus aus dem Saal – das war Karajan. »Wo sind sie, zum Kuckuck?«
»Ich weiß es nicht . . . ich habe sie jemandem gegeben . . .«
»Jemandem gegeben?« fragte ich entgeistert und fühlte, wie sich meine Hände mit unwiderstehlicher Gewalt der Kehle meiner Frau näherten. »Wem hast du sie gegeben? Wem? Du mußt doch wissen, welchem Trottel du sie gegeben hast?«
Bei dem Wort »Trottel funkte es. »Dir«, sagte sie ruhig. Es stimmte – aber wo hatte ich sie? Wir fuhren nach Hause. Böse, schweigend, scheidungsträchtig.
Zu Hause drehte ich die Wohnung um. Im Schreibtisch

– nichts. Im Schrank – nichts. In der Gewürzbar – nichts. Meine Frau telephonierte inzwischen mit ihrem Anwalt. Sie zählte ihm auf, was sie in die Ehe mitgebracht hatte. Eigentlich alles. Von mir stammten nur zwei Karten für die Karajanaufführung – und die hatte ich verloren. Irrtum! Da waren sie! In der linken Seitentasche meines Trachtenanzuges. Wie sie dorthin gekommen sind – ich weiß es nicht. Für die Oper war es zu spät. Wir gingen zu Bett – zwei Feinde.

Am nächsten Tag traf ich Robinson auf der Straße.

»Gestern waren wir in der Oper«, begann er. »Es war herrlich! Und dieses Publikum! Der Jürgens, der Antel, der Heltau!«

»Und Karajan?«

»Der auch. Und dann die Sänger! Piero Capucilli, Leontyne Price, Luciano Pavarotti – man mußte dabeigewesen sein!«

Ich starrte ihn an. »Was redest du da?« fragte ich. »Was heißt Capucilli, Price, Pavarotti? Du meinst José van Dam, Frederica von Strade, Ileana Cotrubas, die beste Susanna . . .«

»Susanna?« Jetzt starrte *er* mich an. »Seit wann gibt es im ›Troubadour‹ eine Susanna?«

»Troubadour? Wieso?«

»Gestern hat Karajan den ›Troubadour‹ dirigiert – und übermorgen dirigiert er den ›Figaro‹ . . .«

Ich gab ihm auf offener Straße einen Kuß. Dann eilte ich nach Hause. Hoffentlich hat meine Frau die Karten nicht weggeworfen, betete ich unterwegs ununterbrochen. Hoffentlich hat meine Frau die Karten nicht weggeworfen. Hoffentlich hat meine Frau die Karten nicht – nein, da waren sie noch! Inbrünstig drückte ich sie an meine Lippen.

Meine Frau war im Kosmetiksalon. Ich rief sie an. »Verzeih mir«, bat ich sie unter Tränen. »Ich war ein Vieh! Die Karten sind für übermorgen! Gestern war ›Troubadour‹!«
»Ich komme!« jubelte sie.
Ich war selig. In zehn Minuten wird sie hier sein, rechnete ich mir aus, wenn sie dann sofort mit dem Anziehen beginnt, ist sie übermorgen fertig.

Wir werden dabeisein!

Wir waren *nicht* dabei.
Für mein Leben gern hätte ich die Cotrubas gehört – die beste Susanna der Welt – leider bekam sie eine Grippe. Nicht die Cotrubas – meine Frau. Mich steckte sie an – und da ich ein Mensch bin, der mit einem Husten lieber zum Arzt geht als in die Oper, blieb auch ich zu Hause. Wer weiß – vielleicht kommt Karajan in dreizehn Jahren wieder . . .

Dicke Menschen sind gutmütig. Sie müssen es sein. Sie können weder raufen noch laufen. Darum rate ich jedem Übergewichtigen:

Nehmen Sie ab!

Im Hause meines Schwagers Goldmann war die Sorge eingezogen. Walter und seine Frau Hermine schlichen beklommen durch die Gegend, sahen einander an und seufzten. Was war geschehen? War Goldmann pleite? Hatte er Erpresserbriefe bekommen? Drohte man, ihn zu entführen? Hatte er eine Freundin und war Hermine dahintergekommen? Nichts von alledem. Was war passiert? Ihr Sohn, mein Neffe Ladi, 10, fühlte sich müde. Man ging mit ihm zum Arzt, und Dr. Merzenberger sagte: »Der Junge frißt zuviel, er hat 10 Kilo Übergewicht – die müssen herunter!« Die Eltern waren außer sich. In der ganzen Familie gab es niemanden mit Übergewicht. Goldmann hatte einen kleinen Wohlstandsbauch, Hermine war eher schlank zu nennen – nur Goldmanns Bruder Felix . . . Aber das ist eine andere Geschichte. Als Felix ein kleiner Junge war, lehnte er jede Nahrungsaufnahme, soweit es möglich war, ab. Da verfiel sein Vater auf einen Trick, den man auch bei ihm angewendet hatte. Er erzählte dem Kind, während er ihm zu essen gab, Märchen. Ungefähr so: »Es war einmal ein armes Holzfällerehepaar – trink deinen Tee – das hatte zwei Kinder – iß deine Semmel – Hänsel und Gretel – nimm Marmelade. Eines Tages gingen die Kinder in den Wald – trink deinen Tee – sie verirrten sich – iß deine Semmel – und kamen zu einem Haus, das aus lauter Lebkuchen gebaut war – nimm Marmelade.« Wie es sich herausstellte, war das nicht die richtige Methode. Heute ist der Bub dreißig Jahre, wiegt achtzig Kilo und hat noch immer nicht das Ende der Geschichte gehört. Aber zurück zu Ladi.
Ladi wurde auf Diät gesetzt. Auf strengste Diät. Er bekam keine Nahrungsmittel zu essen, er bekam Kalorien. Alle seine Lieblingsspeisen wurden gestrichen. Und für

Ladi war jede Speise eine Lieblingsspeise. Am ersten Abend ging er hungrig schlafen. Am zweiten Abend gab es eine Überraschung. Als die Eltern aus dem Geschäft nach Hause kamen, war der Kühlschrank leer und drüber stand geschrieben: »Der kühne Fresser hat zugeschlagen!« Ladi lag mit vollem Bauch im Bett und schlief. Die Eltern berieten sich, Goldmann hing ein Vorhängeschloß vor den Kühlschrank und versteckte den Schlüssel unter dem Speisezimmerteppich. Als sie am Abend nach Hause kamen, war der Kühlschrank abermals leer, und auf dem Vorhängeschloß hing ein Zettel: »Der kühne Fresser hat wieder zugeschlagen!« Ladi hatte den Schlüssel gefunden.

Nun kam Goldmann in Wut. Er ließ ein Safeschloß an dem Kühlschrank anbringen, das nur mit einer besonders komplizierten Kombination zu öffnen war. Ladi fand sie heraus. Als die Eltern nach Hause kamen, hatte der kühne Fresser ein drittesmal zugeschlagen. Goldmann stellt den Kühlschrank zu seinen Nachbarn, dem Ehepaar Piwak, mit dem er und Hermine im besten Einvernehmen lebten. Als sie am Abend kamen, standen Polizisten vor der Tür, während Frau Piwak, am ganzen Körper zitternd, jedem, der es hören wollte, erzählte, was sich zugetragen hatte: »Ich stehe in der Küche und wärme das Essen auf, auf einmal stürzt ein Mann herein, mit einer Strumpfmaske über dem Kopf und einem Gewehr in der Hand und hält mir einen Zettel entgegen: ›Das ist ein Überfall!‹ Dann läßt er mich mit dem Gesicht zur Wand stellen, räumt in aller Ruhe den Kühlschrank aus und verschwindet!«

Goldmann hielt sich den Kopf. Der kühne Fresser! »Haben Sie ihn denn nicht erkannt?« schrie er Frau Piwak an. »Das war doch unser Ladi!«

»Ihr Ladi? Wie hätte ich ihn denn erkennen sollen, wenn er eine Maske vorm Gesicht hatte?«
»An der Statur!« stöhnte Goldmann. »Sie hätten doch sehen müssen, wie klein er ist!«
»Das sagt gar nichts«, meinte Frau Piwak. »Es gibt auch kleine Verbrecher.«
Das war Hermine zuviel. »Mein Sohn ist kein Verbrecher!« rief sie. »Halten Sie Ihren Lästermund!«
»Was sagen Sie da?« Herr Piwak war aus dem Zimmer gekommen. Er war einmal Meisterstemmer gewesen und sah demgemäß aus.
»Ihre Frau hat nicht zu sagen, daß unser Sohn ein Verbrecher ist«, meinte Goldmann etwas kleinlaut.
»Wo Sie selbst immer mit einem Fuß im Landesgericht stehen!« trumpfte Hermine auf.
Mit einem Fuß stand Herr Piwak im Landesgericht, mit dem andern gab er Goldmann einen Tritt, daß er zur Tür hinausflog. Hermine folgte.
Goldmann ließ den Kühlschrank zurückholen, ließ einen Trupp Spezialarbeiter kommen und statt der Küchentür eine Stahlpanzertür anbringen, zu der es bloß zwei Schlüssel gab. Den einen trug Goldmann um den Hals, der andere wurde in eine eiserne Kassette gelegt und bei einem Anwalt deponiert.
Der kühne Fresser gab sich geschlagen. Er aß nach ärztlicher Vorschrift – also so gut wie nichts. Die Eltern, denen er insgeheim leid tat, machten die Diät mit, weil sie es nicht übers Herz brachten, mehr zu essen als ihr Sohn. Auch die Gäste bekamen nichts anderes, und wenn man einen Bekannten traf, der sich besonders müde und hungrig dahinschlich, wußte man, daß er von Goldmanns kam.
Goldmann hatte nach der ersten Woche eineinhalb Kilo

abgenommen, Hermine ebensoviel, Ladi hatte zugenommen. Nach der zweiten Woche hatte Goldmann weitere zwei Kilo verloren, Hermine zweieinhalb, Ladi hatte zugenommen. Und dann kam der Tag, an dem Ladi den Appetit verlor. Von da an aß er überhaupt nichts mehr, aber er nahm zu.

Die Eltern machten sich Sorgen. Vielleicht hatte er eine geheimnisvolle Krankheit. Eine Drüsengeschichte. Hermine weinte die Nächte hindurch, weil sie sich bei Tag, des Kindes wegen, zurückhalten mußte. Goldmann lebte nur noch von Tabletten. Er machte sich Vorwürfe wegen jeder Ohrfeige, die er Ladi gegeben hatte. Und da er ihm viele Ohrfeigen gegeben hatte, hatte er sich viele Vorwürfe zu machen. Wenn Ladi gesund werden sollte – nie mehr würde er ihn schlagen! Saft- und kraftlos kroch er dahin, während Hermine so mager war, daß es ihr nicht mehr gelang, einen Schatten zu werfen. Als sie wieder auf die Waage stiegen, hatte Goldmann fünf Kilo abgenommen, Hermine sechs, Ladi hatte zugenommen. Meine Frau und ich rieten, eine medizinische Kapazität aufzusuchen: Prof. Tschurtschenheimer.

Ladi wurde gründlich untersucht – nichts. »Ihr Sohn ist vollkommen gesund«, sagte die Kapazität, »aber er hat 15 Kilo Übergewicht – die müssen herunter.« Er verschrieb Ladi eine noch strengere Diät als Merzenberger. Die Eltern waren außer sich. Was sollten sie tun, wenn der Bub nicht abnahm? Betrübt gingen sie nach Hause. Unterwegs trafen sie Pomeisl. »Gratuliere!« rief er erfreut. »Schon gesund?«

»Gesund?« fragten Goldmann und Frau verwundert.

»Ladi hat mir erzählt, daß sie beide sich aus Tunesien ein böses Magenleiden mitgebracht haben, daß er deshalb einige Wochen in meinem Restaurant essen muß,

und daß Sie die Rechnung im nachhinein bezahlen werden.«
Goldmann starrte ihn aus hohlen, hungrigen Augen an.
»Ladi hat bei Ihnen gegessen?« fragte er.
»Ja.«
»Allein?«
»Manchmal allein, manchmal mit Freunden. Er hat sie eingeladen, damit sie ihn trösten, weil seine Eltern nichts essen dürfen. Sie glauben nicht, wie er an Ihnen hängt. Die Buben haben fast immer eine Flasche Wein auf Ihre Gesundheit getrunken.«
Goldmann zerrte Ladi nach Hause. »Deine Eltern haben sich also aus Tunesien ein Magenleiden mitgebracht?« fragte er grimmig und gab Ladi eine Ohrfeige, daß dieser ganz Schwarzafrika vor den Augen sah. Und was für Goldmann das Schönste war – er machte sich darob keine Vorwürfe. Im Gegenteil, er gab ihm eine zweite und eine dritte. Am Abend gab es ein lukullisches Mahl, ohne daß Ladi einen Bissen davon bekam.
In den nächsten Tagen erhielt Goldmann viele Briefe. Die Rechnung von Dr. Merzenberger, die Rechnung von Prof. Tschurtschenheimer, die Rechnung des Restaurants Pomeisl, die Rechnung von der Konditorei gegenüber, die Rechnung vom Eissalon nebenan, die Rechnung für einen Fußball, den Ladi gekauft hatte usw.
Ladi bekam nur seine Diätspeisen, aber er machte sich nichts draus. Er freute sich sogar darüber. Er war gegen jede Art von autoritärer Erziehung. Nun hatte er seinen Eltern gezeigt, was es heißt, einen kleinen Jungen hungern lassen.

Vom ideologischen Standpunkt aus betrachtet, muß man gestehen: Der kühne Fresser hat gesiegt!

Heutzutage muß jeder Politiker, der seinen Arbeitsplatz sichern will, die Sicherung der Arbeitsplätze versprechen. Kann man aber ein solches Versprechen einlösen? Man kann. Diese Antwort gab Professor Nonsens, der Erfinder des nach ihm benannten Kunststoffes

Nonsensa

Petrus stand vor Gott und hielt sein tägliches Referat.
»Gibt es irgendwelche Bitten an mich?« fragte der *HERR*, als Petrus geendet hatte.
»Ja, o *HERR!*« sagte Petrus. »Der reiche Großindustrielle Werner Platen bittet um einen Kredit von 500 Millionen Schilling, weil er ein neues Werk bauen will, um eine Steuerabschrift zu bekommen.«
»Bewilligt!« sagte der *HERR*. »Noch etwas?«
»Der arme Mundi Fischbach bittet um 346 Schilling, die ihm zu Bezahlung der Miete fehlen.«
»Abgelehnt«, sagte der *HERR*.
Petrus staunte. »Dem reichen Großindustriellen bewilligst du einen Kredit von 500 Millionen Schilling, und der arme Mundi Fischbach soll nicht einmal dreihundertsechsundvierzig kriegen? Wie soll ich mir das erklären, o *HERR?*«
Und der *HERR* sprach: »Wenn ich dem reichen Großindustriellen 500 Millionen Schilling gebe, wird er zufrieden sein. Aber der Mundi Fischbach kommt mir jeden Tag mit etwas anderem!«
Zur selben Stunde betete auf Erden die Regierung eines europäischen Kleinstaates. Nicht zu Gott, sondern zum Regierungschef, dem Vorsitzenden der Partei.
»Wir haben dem Volk die Sicherung der Arbeitsplätze versprochen«, klagte der Finanzminister. »Ich habe Anleihen aufgenommen und habe sie in die Wirtschaft gepumpt. Das sichert für eine Zeitlang die Arbeitsplätze, macht sie aber teurer als die Arbeit selbst.«
»Die Exporte lassen nach«, schloß sich der Handelsminister an. »Die Arbeiter haben ihre gesicherten Arbeitsplätze, haben aber keine Arbeit. Freizeit, sagen sie, haben sie zu Hause genug, sie wollen nicht auch noch während der Arbeitszeit damit belastet werden.«

Der Regierungschef war ratlos. Es lag zuviel in seinen Händen: Das »Vertreten von Standpunkten und Interessen«, das »Ankurbeln neuer Entwicklungen«, das »Ergreifen von Sofortmaßnahmen«, das »Abwägen von Lösungsvorschlägen«, das »Erarbeiten neuer Pläne« – nun wird auch noch die Frage der Arbeitsplätze »in den Raum gestellt«.

Auch das Volk betete. Zu Gott. Und siehe, der *HERR* sandte einen Retter: Professor Nonsens. Professor Nonsens hatte mit einem hochqualifiziertem Forscherteam einen Kunststoff entwickelt, den er »Nonsensa« benannte und der imstande war, durch seine besonderen Eigenschaften, die Arbeitslosigkeit zu bekämpfen. Die Regierung kontraktierte ihn, sein Erscheinen wurde zu einem Volksfest, man überschüttete ihn mit Ehrungen.

Dem Reporter der größten Tageszeitung gelang es, ein Interview zu bekommen, das ich nachstehend wiedergebe.

Reporter: Herr Professor, Sie sind der Erfinder des »Nonsensa«. Wodurch wirkt sich Ihr Produkt derart günstig auf die Arbeitslosigkeit aus?

Nonsens: Ganz einfach durch seine Arbeitsintensivität. Der Produktionsprozeß ist so schwierig, daß der einfachste Handgriff mindestens zehn Arbeiter erfordert, in der Endphase sogar zwanzig – und zwar vom einfachen Hilfsarbeiter bis zum doppelten Diplomingenieur.

Reporter: Sehr interessant! Und weiter?

Nonsens: Bei seiner Herstellung entstehen künstliche Abwässer und Abgase von hochgradigem Giftgehalt. Um diese gefährlichen Schadstoffe abzubauen, benötigt man Klär- und Reinigungsanlagen, deren Bau wieder eine ganze Industrie nötig macht.

Reporter: Also wieder Arbeitsplätze. Ich verstehe. Und weiter?

Professor: Die Herstellung von »Nonsensa« ist, mit Hilfe einer raffiniert angelegten Maschinerie, mit großem Lärm verbunden. Dieser kann mit unseren Antilärmapparaten weitgehend abgedämpft werden, wozu aber wieder eine eigene Industrie nötig ist.

Reporter: Und natürlich wieder mit eigenen Arbeitern. Bewundernswert! Und das ist dann alles?

Professor: Noch lange nicht. »Nonsensa« leidet unter baldiger Materialermüdbarkeit. Einmal ermüdet, muß es sofort ersetzt werden.

Reporter: Also wieder ein Vorteil für die Vollbeschäftigung. Was geschieht nun mit dem ermüdeten »Nonsensa«?

Professor: Das bleibt weiterhin im höchsten Grade arbeitsintensiv. Es kann nur durch Antiproduktionsstätten abgebaut werden. Man braucht also auch zum Antiproduzieren Arbeitskräfte. Allerdings läßt sich nicht das ganze ermüdete »Nonsensa« abbauen. Der Rest muß mit Krampen und Schaufeln vergraben werden, da er für die Bevölkerung eine größere Gefahr bedeutet als der Atommüll.

Reporter: Und wenn es eines Tages keine Stelle mehr gibt, an der das ermüdete »Nonsensa« vergraben werden kann?

Nonsens: Dann verwendet man den »Nonsensa«-Spray, ein Wundermittel, zu dessen Herstellung man wieder eine eigene Fabrik braucht.

Reporter: Und wieder eigene Arbeiter! Wie funktioniert dieser Spray?

Nonsens: Eine kleine Dosis auf das Material gesprüht, und es löst sich auf.

NONSENSA

Reporter: Danke, Herr Professor, für das Interview.
Man schritt zur Produktion. Männer und Frauen arbeiteten, Studenten demonstrierten, Polizisten wurden eingestellt, um Freunde und Feinde von »Nonsensa« auseinanderzuhalten, überall im Land wurden »Nonsensa«-Fabriken aus dem Boden gestampft. Aus »Nonsensa« konnte alles hergestellt werden, von Häusern und Brücken, über Autos und Flugzeuge, bis zum vollautomatischen Nudelwalker.
Die Vollbeschäftigung war gerettet, die Politiker atmeten auf. »Nonsensa« hatte ihnen aus der Patsche geholfen. Es gab Schlagerhits (»Du bis mein Nonsensa – zu allem zu gebrauchen«), Nonsensa-Musicals (»Die Nonsensa-Story«), Nonsensa-Operetten (»Die Nonsensa-Prinzessin«), ernste Musiker schrieben Nonsensa-Sinfonien, Sexfilme liefen wieder an (»Oben ohne, unten ohne – Nonsensa in der Mitte«), die Defizite wurden abgebaut, die Handelsbilanzen kamen wieder in die Aktivposten. Auch das Ausland riß sich um »Nonsensa«, alle Industrieländer wollten mit »Nonsensa« das Arbeitslosenproblem lösen, die Vereinigten Staaten wurden durch »Nonsensa« wieder zur Weltmacht Nummer eins – blieben es aber nicht lange, da sich die Sowjetunion mit Hilfe von Geheimagenten ebenfalls in den Besitz von »Nonsensa« gesetzt hatte. In Genf gab es Nonsensa-Gespräche. Russen und Amerikaner sollten jeder nur eine bestimmte Menge »Nonsensa« besitzen dürfen, die Gespräche wurden ergebnislos abgebrochen, um in Wien weitergeführt und abgebrochen zu werden, um in Helsinki weitergeführt und abgebrochen zu werden. Inzwischen erzeugten beide Mächte »Nonsensa«-Panzer und -Kanonen, und auch die eingeschlafene Weltraumfahrt konnte mit »Nonsensa« wieder auf die

Beine gebracht werden. Spezialproduktionsstätten wurden im näheren und ferneren Weltall stationiert, das ermüdete »Nonsensa« wurde auf dem Mond abgelagert, für jedes Kind, das zur Welt kam, erhielten die Eltern ein kleines Vermögen, da man nicht genug Arbeiter haben konnte. Die Weltbevölkerung wuchs und wuchs – und dann kam das Ende: Die Milliarden und Abermilliarden von Menschen konnten wohl beschäftigt – aber nicht ernährt werden.
Schuld an der Weltmisere hatte natürlich die Regierung des europäischen Kleinstaates, die als erste mit »Nonsensa« begonnen hatte. Der ermüdete Ministerrat trat zusammen, setzte sich auf ermüdete »Nonsensa«-Ministerstühle, besprühte sich mit »Nonsensa«-Spray – und löste sich auf.

Ich hasse neugierige Menschen – und mit Recht. Was geht es uns an, wie andere leben? Wissen möchte ich es natürlich auch, aber

Ich bin nicht neugierig

Neulich betrat ich den Garten meines Stammkaffeehauses und ging schnurgerade auf meinen Tisch zu, als mir die Kuchenfrau entgegenkam. Wenn ich einen Frontal-Auzusammenstoß vermeiden wollte, mußte ich einen Augenblick stehenbleiben und sie vorüberlassen. In diesem Moment hörte ich hinter mir eine Frauenstimme: »Ich kann dir nur eines sagen, Renate, du hättest dich sofort wehren müssen, als der Maler kam.« Schon mußte ich weiter. Ich setzte mich, in Gedanken versunken, an den Platz, an dem ich nun schon seit mehr als zehn Jahren zu sitzen pflege. »Wie bitte?« Anton, der Ober, hatte gefragt, w a ich wünsche. »Einen Mokka«, sagte ich, ohne davon überzeugt zu sein. Was ich gehört hatte, ließ mir keine Ruhe. Warum hätte Renate sich wehren müssen, als der Maler kam. Wer war Renate? Ich blickte hinüber und sah sie. Jung, blaß, unattraktiv. Und trotzdem. Da war etwas in ihrem Leben, das mich interessierte. Der Maler. Was wollte er von ihr? Warum hätte sie sich wehren müssen? Die andere Dame, anscheinend Renates Mutter, konnte das nicht ohne Grund gesagt haben.

Renate trug einen Ehering, war also verheiratet. War der Maler ihr Liebhaber? Hatte ihr Gatte davon erfahren und will er sich scheiden lassen? Und hatte die Mutter deshalb gesagt: »Du hättest dich sofort wehren müssen ,als der Maler kam?!« Ich blickte wieder hinüber. Renate sah mir nicht nach Liebhaber aus. Aber das konnte täuschen. Gerade solche Frauen sind unberechenbar, wenn es um Liebe geht. Ich hab es! Renate liebte den Maler, aber der Maler liebte Renate nicht. Wo sie ihn wohl kennengelernt hatte? Auf der Straße, im Supermarkt, auf einer Party? Auf einer Party. Nach einem unerfüllten Leben stand sie plötzlich dem Traummann gegenüber, der sie verschmähte. Der Maler machte ihr nichts vor. Er war vielleicht leichtsinnig, ein Künstler, aber in seinem Herzen war er ein edler Mensch. Er wollte die unscheinbare Frau, die da vor ihm stand, nicht zum besten halten. Nun ist sie unglücklich, sie flüchtet zur Mutter, um sich auszusprechen, und die Mutter sagt: »Du hättest dich sofort wehren müssen, als der Maler kam!« Wehren gegen ihre Liebe, gegen ihre Gefühle. Blödsinn! Renate ist nicht der Typ, der einem Mann nachweint. Auch hätte sie ihrer Mutter nichts davon erzählt. Renate ist eine Frau, die ihr Schicksal schweigend erträgt. Aber etwas war los mit ihr und dem Maler. Was nur? Was? Plötzlich wußte ich es. Die Sache war anders. Der Maler war ein Schuft. Renate hatte einen Geliebten, der Maler erfuhr davon und versuchte, sie zu erpressen. Am Anfang gab sie dem Schwein kleinere Beträge, aber die genügten dem Verbrecher nicht. Das Aas wollte mehr haben. Er drohte, ihrem Mann alles zu verraten. Wer *ist* ihr Mann? Vor allem, *was* ist ihr Mann? Architekt, Autovertreter, Bankbeamter? Bankbeamter. Renate hatte etwas Beamtöses an sich. Und da sie nicht wie die Frau eines Generaldirektors wirkt, dürfte ihr Mann wohl ein kleinerer Angestellter sein. Im besten Fall Kassier. Was aber erhofft sich dieser malende Schurke von einem Bankkassier? Trottel! (Das sagte ich zu mir.) Was erhofft er sich? Natürlich den Tresorschlüssel! Renates Gatte befindet sich im Kampf zwischen Pflicht und Liebe. Entweder er händigt dem Halunken den Tresorschlüssel aus, oder die Welt, und damit auch seine Bankfiliale, erfährt von dem Verhältnis seiner Frau mit einem andern. Renate kennt ihren Gatten. Sie weiß, daß er alles tun würde, um sie zu schonen. Sie schüttet der Mutter ihr Herz aus, aber die alte, erfahrene Frau kann ihr auch nichts anderes sagen als: »Du hättest dich sofort wehren müssen, als der Maler kam!« Das war es. Ich war stolz auf mich. Die Tragödie lag offen vor mir, ohne daß mir jemand einen Anhaltspunkt gegeben hätte. Ich sah noch einmal hinüber. Die beiden Damen standen eben auf, um zu gehen. Im selben Moment kam mein Freund Robinson in den Garten. Ich war perplex. Er grüßte die beiden, und sie dankten. Er kannte sie also. Er wird sich wundern, was ich alles über sie weiß. Er kam an meinen Tisch.

»Servus!« sagte er und setzte sich zu mir.

»Servus«, entgegnete ich und freute mich auf das Gespräch, das sich nun entwickeln würde. »Du kennst die Damen, die eben gegangen sind?«

»Ja. Die Jüngere ist Frau Mailberger, die andere ihre Mutter.« »Hm. Soll ich dir die Geschichte dieser Frau Mailberger erzählen?«

»Wenn es eine solche Geschichte gibt – bitte.«

»Sei nicht so diskret, du kennst sie wahrscheinlich ebenso gut wie ich – nur mit dem Unterschied, daß man sie dir erzählt hat, während ich sie mir ausrechnen mußte. Frau Mailberger ist verheiratet.«

»Ja«

»Mit einem Bankkassier.«

»Nein.«

»Das gibt es nicht. Sie muß mit einem Bankkassier verheiratet sein.«

»Du irrst. Ihr Mann ist in meiner Kanzlei Konzipient.«

»Er will sich scheiden lassen.«

»Er denkt nicht daran.«

»Er kann es doch nicht ruhig hinnehmen, daß seine Frau ihn betrügt?«

Robinson horchte auf.

»Seine Frau betrügt ihn? Mit wem?«

»Das weiß ich noch nicht. Wenn aber Mailberger keinen Tresorschlüssel auftreiben kann, werden wir es bald *alle* wissen.«

»Wieso.«

»Weil der Lump es verraten wird.«

»Was für ein Lump?«

»Der Erpresser.«

»Erpresser?« wiederholte Robinson nervös.

»Warum regst du dich auf?«

»Ich rege mich nicht auf, aber – schließlich kenne ich die beiden.«

»Dann wird es dich interessieren, daß Renate in der schamlosesten Weise erpreßt wird.«

»Von wem?«

»Von dem Gangster.«

»Von was für einem Gangster?« Robinson war außer sich.

»Von dem elenden Buben, der alles weiß.«

»Was für ein Bub weiß alles?«

»Das muß ich erst herauskriegen. Der Kerl ist zu allem fähig.«

»Um Gotteswillen!« Robinson wurde blaß. Seine Anteilnahme an dem Schicksal seines Konzipienten und dessen Gattin war wirklich rührend.

»Sag mir«, setzte ich fort, »wie funktioniert die Mailbergerische Ehe?«

»Im allgemeinen gut. Bitte – in den letzten Tagen hängt der Haussegen etwas schief.«

»Aha! Und warum?«

»Wegen einer Lächerlichkeit. Die beiden wollten ihre Wohnung renovieren lassen. Sie war für Tapeten, während er behauptete, daß da die Wände nicht atmen könnten. Er schickte einfach, ohne ein Wort zu sagen, einen Maler – sie ließ es ruhig zu, später ärgerte sie sich darüber, und jetzt streiten sie seit Tagen nur über dieses eine Thema. Und ihr Mutter hetzt noch gegen ihn und sagt: »Du hättest dich sofort wehren müssen, als der Maler kam!«

Ich war baff. Der Maler war der Zimmermaler.

So problemlos löste sich diese Geschichte.

Wie sagte schon Einstein: Man sollte alles so einfach wie möglich machen – aber nicht einfacher.

Übrigens, *eine* richtige Schlußfolgerung hatte ich doch gezogen. Renate *hatte* einen Liebhaber. Es war mein Freund Robinson.

Junge Mädchen suchen einen Mann mit Zukunft – ältere eine Zukunft mit einem Mann. Aber alle suchen. Und wie findet man einen? Dazu gehören

Gute Ratschläge

Neulich traf ich Pfandl. Er erzählte mir, daß Susi, die Tochter unseres gemeinsamen Freundes Wimmer, geheiratet habe.
»Wann denkt *deine* Tochter ans Heiraten?« fragte ich ihn. »Wann sie denkt?« entgegnete er. »Immer.«
Ich hätte ihn nicht fragen sollen. Meine Frau hatte mir schon verraten, daß Gerli kein Glück mit Männern habe. Dabei hatten ihr schon viele erfahrene Frauen gute Lehren gegeben, wie sie es anstellen müsse, einen Mann zu fangen.
»Vor allem«, schärfte die Mutter ihr ein, »mußt du ihn vom ersten Augenblick an merken lassen, daß er sich bei dir keine Freiheiten erlauben darf.«
Gerli lernte Max kennen. Max Neuberger. Sie fanden Gefallen aneinander. Sie trafen sich im Kaffeehaus. Max hatte einen Superwagen. Sie beschlossen, ins Grüne zu fahren.
»Wollen Sie nicht einsteigen?« fragte er.
»Okey!« sagte sie und dachte an die Worte ihrer Mutter. »Ich sage Ihnen aber gleich, daß ich mich weder küssen noch umarmen noch sonst etwas lasse. Wohin fahren wir?«
»Wohin *Sie* fahren«, antwortete Max, »das weiß ich nicht – *ich* fahre nach Hause.« Schluß.
Gerli berichtete ihrer Freundin Lätitia von ihrer Enttäuschung. »Wenn du dich von deiner Mutter beraten läßt«, sagte Lätitia und lächelte ironisch, »dann muß es so enden. Mütter haben da andere Ansichten. Heute wollen die Männer raffinierte Frauen. Frauen, die ihnen überlegen sind. In jeder Beziehung. Merk dir das!«
Gerli merkte es sich. Immerhin war Lätitia schon zweimal verheiratet gewesen, und die Zahl ihrer Freunde ging – ich möchte nicht behaupten in Legionen – aber

an den Fingern zweier Hände lassen sie sich nicht mehr abzählen. Selbst wenn es sich um eine Mißgeburt handelt, die an jeder Hand zwölf Finger hat. Gerli lernte Fred kennen. Fred Moosbaum. Er war ein stiller, sympathischer Junge, von dem man ihr erzählte, daß er Millionen geerbt habe. Gerli dachte an Lätitia. Jetzt werde ich raffiniert sein, nahm sie sich vor. Es war auf einer Party. Gerli widmete Fred den ganzen Abend. Sie saß auf einem Barhocker, trank den Whisky aus hohen Gläsern, rauchte Zigaretten aus einem langen Spitz, hauchte Fred mit verruchten Blicken den Rauch ins Gesicht – der Junge war begeistert.

»Kommen Sie mit mir nach Hause!« stieß er endlich hervor.

»Olala!« sagte Gerli mit einem Lächeln, wie es die Dietrich nicht einmal im Jahre 1928 zustande gebracht hatte. »Sie sind ja ein Draufgänger! Ich kann mir denken, was in Ihrem Kopf vorgeht. Sie werden mir Ihre Wohnung zeigen, werden rotes Licht machen, werden romantische Musik spielen, werden mir einen ganz ausgeklügelten Drink mixen, werden mich – wenn ich beschwipst bin – bestürmen, mich auf Ihre Couch zu legen, werden sich zu mir setzen, werden das Licht auslöschen – und dann . . . habe ich recht?«

»Nicht ganz«, stammelte Fred. »Eigentlich wollte ich Sie bloß bitten, mit mir nach Hause zu kommen, weil ich Sie meiner Mutter vorstellen und ihr sagen wollte: ›Das ist die Frau, die ich heiraten werde!‹ – aber –«

»Aber?«

»Sie haben mich auf eine gute Idee gebracht!«

Schluß.

Gerli erzählte schluchzend ihrer Tante Paula von ihren

Erlebnissen mit Männern. Tante Paula war nicht mehr ganz jung, stand aber noch mit beiden Füßen im Leben.
»Ich möchte wissen«? sagte sie, »wo Mütter die Dinge lernen, die sie später ihren Töchtern verbieten. Deine Mutter ist altmodisch und deine Freundin ist dumm. Heute suchen die Männer Frauen, auf die sie sich verlassen können, die ihnen helfen, einen gewissen Lebensstandard zu erreichen. Heute wollen sie weder Gänschen noch Weibchen haben. Junggesellen wollen Ruhe finden, wollen eine Familie gründen, ein Zuhause. Wenn du wieder einen kennenlernst, dann führe ihn bei deinen Eltern ein und du wirst sehen.«
Gerli lernte einen kennen. Albert. Albert Vogel. Dr. Albert Vogel. Er war Arzt. Sie führte ihn bei ihren Eltern ein. Pfandls machten auf Familienglück. Sie luden den jungen Mann zur Jause, später zum Abendessen, nochmals zum Abendessen, immer wieder zum Abendessen – er äußerte sich nicht. Im Sommer verbrachte er seine Weekends in Pfandls Villa in Baden – er äußerte sich nicht. Pfandl und Frau wurden unruhig. Sie verloren die Geduld. Pfandl nahm sich den jungen Mann vor.
»Herr Doktor«, sagte er eindringlich – sie waren noch immer per Sie – »Sie kennen jetzt meine Tochter seit einigen Monaten. Sie kommen zu uns, Sie essen bei uns, Sie verbringen Ihre Weekends bei uns – wann werden Sie sich endlich erklären?« Albert murmelte etwas von »überlegen« usw. – er äußerte sich nicht. Am Sonntag aß er noch die gebratene Gans, von der er bereits gewußt hatte, am Montag fuhr er nach Wien und ward nicht mehr gesehen.
Am Jahresende schickte er eine Note: 96 Visiten, 16 davon in Baden, 12 davon bei Nacht – macht 64 000 Schilling.

Schluß.

Gerli suchte keine Ratschläge mehr. Sie machte es wie andere junge Mädchen und ist seit sechs Monaten verheiratet. Ihr Mann, bis dahin typischer Junggeselle, wollte endlich wieder einmal seine Ordnung haben. Gewaschene Hemden, gebürstete Anzüge, geputzte Schuhe. Das alles hat er jetzt. Er wäscht seine Hemden, bürstet seine Anzüge und putzt seine Schuhe. Schluß.

Justitia ist eine Frau mit einer Binde vor den Augen und Oropax in den Ohren, so daß sie weder sehen noch hören kann. In der hocherhobenen Rechten hält sie eine Waage:

Die Waage der Gerechtigkeit

Ambrosius ging eines Morgens fröhlich pfeifend durch den Park, als er plötzlich einen sehr, sehr alten Mann erblickte. Warum ich schreibe einen »sehr, sehr alten Mann?« Ganz einfach. Unter einem alten Mann versteht man heutzutage einen lustigen Senior, unter einem sehr alten Mann einen noch immer fröhlichen K.-H.-3-Schlucker – wenn ich also einen Mann, von der Art wie Ambrosius ihn vor sich sah, beschreiben will, muß ich ihn schon mit »sehr, sehr alt« bezeichnen. Er hatte langes, silberweißes Haar und einen ebensolchen Bart, der ihm bis zur Mitte der Brust reichte – und er schien sich nicht wohl zu fühlen, der sehr, sehr alte Mann. Er saß zurückgelehnt auf einer Bank, keuchte schwer vor sich hin und warf Ambrosius einen hilfeflehenden Blick zu. Ambrosius näherte sich ihm. »Fehlt Ihnen etwas?« erkundigte er sich teilnahmsvoll.

Der sehr, sehr alte Mann griff sich ans Herz. »Mir ist sterbensübel«, sagte er leise. »Lassen Sie mich, bitte, in ein Krankenhaus bringen!«

Ambrosius rief die Rettung an. In fünf Minuten war ein Wagen da, der den sehr, sehr alten Mann in das nächstgelegene Krankenhaus brachte. Ambrosius besuchte ihn einigemale. Von dem Alten ging etwas aus, eine Abgeklärtheit, die nichts Irdisches mehr an sich hatte. Nach einer Woche, als Ambrosius wieder nach ihn sehen wollte, war das Bett leer. Der sehr, sehr alte Mann war gestorben. Die Oberschwester brachte Ambrosius seine Habseligkeiten. Ein kleines, kümmerliches Bündel. »Das hat er Ihnen hinterlassen«, sagte sie.

Ambrosius nahm das Bündel mit nach Hause, knüpfte es auseinander und fand eine Waage und einen Brief. »Sie waren der einzige, der mir geholfen hat«, las er. »Zum Dank dafür hinterlasse ich Ihnen diese Waage. Es ist die Waage der Gerechtigkeit, und ich nehme an, daß sie bei Ihnen in guten Händen sein wird. Leben Sie wohl!« Ambrosius besah sich die Waage. Es war ein altes, verrostetes Stück, aber als das Licht drauffiel, leuchtete ein sanfter Schimmer aus dem Rost, der Ambrosius tief ins Herz drang. »Was mache ich bloß mit ihr?« dachte er. Dann ging er hin und brachte sie zu den Juristen.

»Wir brauchen keine Waage der Gerechtigkeit», sagten diese. »Wir haben unsere Paragraphen.« Also trug Ambrosius sie zu den Theaterdirektoren.

»Waage der Gerechtigkeit?« meinten die Theaterdirektoren. »Wenn wir gerecht wären, wären wir verpflichtet, neue Autoren zu entdecken. Es wären genug vorhanden, aber wozu die Mühe? Unsere Subvention bekommen wir so und so.« Ambrosius trug die Waage der Gerechtigkeit zum Fernsehen.

Dort hätte man ihn fast hinausgeworfen. »Waage der Gerechtigkeit?« meinten die Abteilungsleiter empört. »Da könnte es ja passieren, daß wir eine Sendung gestalten, die unseren unabhängigen Rundfunk in politische Kalamitäten bringt?! Hinaus!« Ambrosius wankte mit seiner Waage zur Presse.

»Was sollen wir damit?« fragte man ihn dort. »Wir haben unsere Geldgeber. Für die Unsummen, die sie in unsere Blätter stecken, haben sie ihre gerechten Wünsche, die wir zu Papier bringen. Eine andere Gerechtigkeit brauchen wir nicht.« Ambrosius versuchte es bei den Politikern.

»Waage der Gerechtigkeit?« überlegte man bei der Linken. »Ein schönes Wort zum In-den-Mund-Nehmen vor den Wahlen – aber sonst? Versuchen Sie es bei der Opposition.« Ambrosius wanderte zur Rechten.

Dort empfing man ihn mißtrauisch. »*Wer* schickt Sie?« erkundigte sich der Image-Aufbügler. »Die Regierungspartei? Man will uns hereinlegen! Gehen Sie!« Es entstand eine Panik. Die Waage wollte man erst gar nicht sehen.

Mutlos ging Ambrosius nach Hause und fand einen Brief vor. »Sehr geehrter Herr! Sie haben sich auf unser Inserat am letzten Sonntag um die Stelle eines erstkl. Programmierers beworben. Wir bitten Sie, morgen um zehn Uhr in unserem Personalbüro vorzusprechen.«

Ambrosius sprach vor. Außer ihm befanden sich noch zwanzig erstkl. Programmierer dort, die, einer nach dem andern, zum Personalchef gerufen und schnellstens abgefertigt wurden. Zurück blieben Ambrosius und ein zweiter junger Mann. Der Personalchef verlangte beide zu sprechen.

»Sie sind die beiden letzten«, begann er. »Die Stelle kann nur einmal vergeben werden. Wir sind ein wissenschaftlicher Verlag, der im Begriff ist, ein Lexikon herauszugeben, was natürlich von allen Mitarbeitern ein solides Allgemeinwissen verlangt. Ich hoffe, Sie werden nichts dagegenhaben, wenn ich Ihnen drei Testfragen vorlege.« Er warf einen Blick auf einige vor ihm liegende maschinegeschriebene Seiten und wandte sich dann an den jungen Mann: »Wissen Sie, was ein Birntang ist?« Der junge Mann lächelte verlegen und schüttelte den Kopf.

»Sie?« fragte der Personalchef Ambrosius.

»Ein Birntang«, sprudelte Ambrosius heraus, »Macrocystis pyrifera, ist die Braunalge der außertropischen südlichen Meere; der stark gegliederte Algenkörper wird durch birnenförmige Schwimmblasen, die sich am Grund blattartiger Lappen befinden, an der Wasseroberfläche gehalten. Der Birntang kann über 100 m lang und mehrere 100 kg schwer werden.«

»Richtig!« sagte der Personalchef und wandte sich wieder dem andern Bewerber zu. »Können Sie mir sagen, was Epoxydharze sind?« Wieder schüttelte der andere den Kopf. »Ich passe«, sagte er. »Sie?« fragte der Personalchef Ambrosius.

»Epoxydharze«, sagte Ambrosius fließend, »sind Duroplaste aus Chlorhydrinen und Diphenolpropan, die mit Härtern oder Katalysatoren durch Polyaddition härten; Epoxydharze haben eine hohe chemische Beständigkeit und Abtriebsfestigkeit; man verwendet sie für Gieß- und Lackharze, Kleb- und Preßstoffe.« »Richtig!« sagte der Personalchef bewundernd. »Die letzte Frage. Wissen Sie», wandte er sich an den jungen Mann, »was eine Carynx ist?« »Nie gehört«, gab der Befragte ehrlich zu. Die Frage ging an Ambrosius.

»Eine Carynx«, antwortete Ambrosius, »ist eine keltische Trompete mit kurzem Körper und Tierkopf am Schalltrichter, dem römischen lituus – einem Signalhorn – verwandt.«

Der Personalchef war tief beeindruckt. »Sie wissen aber auch alles«, sagte er. »Ich gratuliere!« Den Posten bekam allerdings der andere.

Enttäuscht kam Ambrosius nach Hause. Er nahm sein Wissen, legte es in die eine Schale der Waage und das des andern in die zweite. Und siehe, die Waage neigte sich zugunsten des andern. »Schiebung!« schrie Ambrosius. »Er konnte nicht eine Frage beantworten!«

»Ich weiß es«, sagte die Waage, denn sie war eine Waage, die sprechen konnte.

Ambrosius schäumte vor Wut. »Dann wirst du auch wissen, daß *er* die Stelle bekommen hat und nicht ich!«

»Ja«, sagte die Waage traurig.
»Und warum?« rief Ambrosius außer sich.
»Weil«, sagte die Waage und schämte sich, »weil er der Liebhaber der Frau des Generaldirektors ist. Das fällt ins Gewicht.«
Ambrosius war entsetzt. »Und *du* nennst dich die Waage der Gerechtigkeit?« fragte er.
Die Waage zuckte die Schalen. »Ich kann nichts für meinen Namen«, sagte sie. »Ich habe ihn mir nicht ausgesucht.« Sprach's – und stürzte sich in den Mülleimer. Seither gibt es überhaupt keine Gerechtigkeit mehr.

Der Regen prasselt auf Gerechte und Ungerechte. Leider hat der Ungerechte häufig den Regenschirm des Gerechten.

Es ist etwas Herrliches um die Wiener Festwochen. Sie beginnen unter freiem Himmel, meist bei starkem Regen, und sie bieten dem Besucher Vorzügliches. Interessante Theateraufführungen, Tanz und Musik – die Wiener Küche ist schmackhaft und bekömmlich, nur leider – die Restaurants sind

Geschlossen

Wir hatten sie auf einer Mittelmeerkreuzfahrt kennengelernt. Uwe Heinz Karsten und Frau Marianne, beide aus Düsseldorf. Wir aßen miteinander, schwammen miteinander, tanzten miteinander, wurden miteinander seekrank. So etwas bindet. Am letzten Tag reichte mir Karsten die Hand und sagte: »Wenn Sie mal nach Düsseldorf kommen, müssen Sie unsere Gäste sein.« »Und Sie«, entgegnete ich, »wenn Sie nach Wien kommen.« Es gab keinen Schwur, keinen Vertrag, es wurde kein Kalumet geraucht – es wurde hingesagt, einfach hingesagt. Wer denkt schon, daß jemand eine solche Einladung ernst nimmt? Karstens nahmen sie ernst.
Wir hatten Festwochen. Meine Frau sagte eben: »Jetzt schließe ich die Fenster, lege mich hin und gehe während des ganzen Festwochenrummels nicht auf die Straße.« Ich wollte mich gerade mit ihr solidarisch erklären, als es an der Tür klingelte. Ich eilte hinaus, rutschte mit dem Teppich durch das Vorzimmer – unser Vorzimmer ist immer so stark gebohnert – sah durch das Guckloch und erbleichte. Dann rief ich außer mir: »Ja, ist denn das möglich? Nein, so eine Überraschung!« rutschte zu meiner Frau zurück und stammelte bestürzt: »Etwas Schreckliches ist geschehen! Karstens sind da!« »Karstens? Was für Karstens?« »Karstens aus Düsseldorf! Du weißt, die vom Schiff!«
»Nein!« rief meine Frau mit einem Ausdruck, als ob ich gesagt hätte: die Chinesen sind da! »Was tun wir?« fragte sie fassungslos.
»Wir müssen sie hereinlassen. Schließlich haben wir sie eingeladen.«
»Nicht *wir* haben sie eingeladen – *du* hast sie eingeladen«, sagte meine Frau und warf mir einen jener Blicke zu, von denen ich immer annehme, daß sie sie direkt

aus Solingen bezieht. »Aber ich weiß einen Ausweg. Wir sind nicht zu Hause.«
»Das geht nicht«, sagte ich verzweifelt, »ich habe mit ihnen durch die Tür gesprochen.«
Jetzt begriff meine Frau das Ausweglose der Situation, in der wir uns befanden. Wir standen mit dem Rücken zur Wand, den einzigen Ausgang hatten die Karstens besetzt – es gab keinen Fluchtweg. Meine Frau gab auf.
»Okay«, sagte sie, und ich fühlte, daß wieder einmal einer jener Augenblicke gekommen war, in denen sie den Tag verfluchte, an dem sie mich geheiratet hatte. Sie stellte sich vor den Spiegel und übte sich in freundlichem Lächeln.
Ich rutschte durch das Vorzimmer und öffnete die Tür. Karstens waren nicht allein gekommen. Sie hatten drei Koffer mitgebracht sowie ihre fünfjährige Tochter Gundula, genannt Gundi, von deren lustigen Aussprüchen sie uns oft erzählt hatten. Es war richtiger Kindermund. Zum Kotzen.
»So eine Freude!« rief ich. »Warum haben Sie uns denn nicht wissen lassen, daß Sie kommen?«
»Wollten wir«, sagte Heinz Uwe, »aber erst vom Hotel aus. Wir hatten gebucht, leider klappte es nicht.«
»Das ist aber schade«, bedauerte ich. »Jetzt haben Sie den weiten Weg gemacht, und nun müssen Sie schon wieder nach Hause.« Damit wollte ich die Türe schließen, aber der listige Nibelunge hatte bereits den Fuß dazwischen gestellt.
»Wir fahren nicht nach Hause«, tröstete er mich. »Als wir erfuhren, daß in Wien alle Hotelzimmer vergriffen sind, erinnerten wir uns an Ihre freundliche Einladung, und meine Frau meinte, Sie würden sich sicher freuen, wenn wir 'n paar Tage bei Ihnen zubringen würden.«

Ich hörte einen dumpfen Fall aus dem Nebenzimmer. Meine Frau war ohnmächtig geworden. »Entschuldigen Sie«, rief ich und rutschte zurück, um ihr beizustehen. Ich wusch sie mit Essig, sie schlug die Augen auf. »Ich hatte einen fürchterlichen Traum«, stöhnte sie. »Ich träumte, Karstens wären gekommen.« »Das war kein Traum«, sagte ich, »sie stehen draußen.« Nun erinnerte sie sich. »Du mußt sie abwimmeln!« beschwor sie mich. »Sag ihnen etwas! Sag, ich habe eine ansteckende Krankheit! Sag, ich habe Mumps!« »Ziegenpeter!« jubelte ich. So heißt Mumps in der Bundesrepublik. Meine Frau war wunderbar. Sie hatte uns wieder einmal gerettet. Ich rutschte durch das Vorzimmer der Türe zu, aber diesmal rutschte ich erleichtert, schadenfroh.

Karstens, die Koffer in Händen, standen noch immer da. Ihre Blicke waren lang nicht mehr so freundlich wie vorhin. Sie schienen zu glauben, daß uns ihr Besuch keine Freude machte.

»Verzeihen Sie«, sagte ich und schlug innerlich Purzelbäume vor Vergnügen, »aber da ist etwas. Meine arme Frau wollte nicht, daß ich es verrate, weil es Sie abhalten könnte, unsere Gastfreundschaft in Anspruch zu nehmen. Aber schließlich haben Sie ein Kind und –«, ich machte eine gekonnte Pause, »meine Frau hat –«, wieder eine Pause, dann, das Gesicht in traurige Falten gelegt: »Ziegenpeter!«

Kein Moser, kein Hörbiger hätte mir diese Szene nachgespielt. Ich wartete auf die Reaktion. Nun werden sie erschrecken, werden sich zurückziehen, aber – im Gegenteil – sie lachten. »Ziegenpeter?« Karsten wieherte vor Vergnügen. »Haben wir eben gehabt! Alle drei! Dagegen sind wir immun! Also unbesorgt – rein zu Ihrer Gattin!« Meine Frau, die alles mitangehört hatte, hatte

sich schnell die Klavierdecke um den Hals gewickelt und die Backen aufgeblasen. »'n Tag, gnädige Frau!« rief Karsten. »Das nenn' Sie Ziegenpeter? Da hätten Sie uns sehen sollen! Meine Frau sah aus wie 'n Fußball!«
Meine Frau machte noch einen Versuch. »Ich habe Fieber«, hauchte sie mit aufgeblasenen Backen. »Das ist prima«, tröstete uns Frau Karsten. »Wenn Sie erst mal Fieber haben, denn ist es bald vorüber.« Und da meine Frau nicht gleichzeitig sprechen und die Backen aufblasen konnte, fielen die letzteren wieder ein, worauf Frau Karsten bemerkte: »Na sehen Sie, es geht schon wieder zurück.«
»Wir werden Ihnen nicht lange zur Last fallen«, meinte Karsten. »Ihr Herr Gemahl wird uns 'n paar Sehenswürdigkeiten zeigen, wir werden einige Konzerte besuchen und in die Oper gehen – denn fahren wir wieder.«
Ich begann sofort mit den Sehenswürdigkeiten. Ich jagte sie wie die Rennpferde, hopp, durch Schönbrunn und das Belvedere, ich lief mit ihnen, hopp, an Burg, Parlament, Rathaus und Oper vorüber, ich zeigte ihnen, hopp, die beiden Museen. Karstens wollten die römischen Ausgrabungen sehen. Ich führte sie zu dem nächstgelegenen U-Bahn-Schacht. »Toll!« sagte Karsten bewundernd. »Diese Römer!«
Da wir eben über den Ring liefen, zeigte ich ihnen gleich das Reiterstandbild des Feldmarschalls Radetzky.
»Wer ist das?« fragte Gundi.
»Der Radetzky.«
»Und der Mann, der auf dem Radetzky sitzt?« Die Umstehenden lachten, die Eltern sagten »Niedlich!« und ich kam mir vor wie ein Idiot. Gundi ist ein süßes Kind, aber – wie viele Süßigkeiten – schwer zu vertragen. Zum Glück wurde sie hungrig.

»Ich weiß ein Restaurant«, sagte ich, »sehr gut und nicht zu teuer.«
»Und wie weit?« erkundigte sich Frau Karsten, die meine Galopptour anscheinend müde gemacht hatte.
»Zehn Minuten.«
»Nun betommt Dundi ihren Daiserschmarren«, dalkte Karsten – und zu mir: »Wir haben ihr schon soviel vom Wiener Kaiserschmarren erzählt.«
»Daiserschmarren!« freute Gundi sich. »Wann?«
»Sofort.« Ich konnte nicht wissen, daß es unterwegs zwei Absperrungen und eine Umleitung geben würde, was die zehn Minuten auf fünfundzwanzig erhöhte. Aber da lag schon das Restaurant. Es lag wirklich da. Man hatte es niedergerissen. Beruhigend war nur eine Tafel: »Wegen Neubau geschlossen. Besuchen Sie das Restaurant ›Wiener Schnitzel‹.«
»Finde ich prima«, meinte Karsten, »daß ein geschlossenes Lokal auf ein geöffnetes hinweist.« »Wiener Charme«, fand Frau Karsten. »Daiserschmarren!« rief Gundi.
»Und wo befindet sich dieses ›Wiener Schnitzel‹?« fragte Karsten.
»In Grinzing. Knapp dreißig Minuten von hier.« Wir nahmen ein Taxi, da ich das erste weggeschickt hatte. Ich hatte natürlich wieder auf Absperrungen und Umleitungen vergessen, aber in einer Stunde waren wir dort. Frau Karsten erzählte Gundi während der ganzen Fahrt das Märchen vom Kaiserschmarren. »Es war einmal ein Vati Kaiserschmarren, eine Mutti Kaiserschmarren, und ein ganz, ganz kleiner Kaiserschmarren.« »Dundi möchte keinen dleinen Daiserschmarren!« weinte das aufgeweckte Kind. »Dundi möchte einen dloßen Daiserschmarren!« »Ja, ja!« sagte die Mutter schnell. Man mußte die liebe Kleine bei guter Laune er-

halten, da sie mich bereits einmal, vom Rücksitz aus, mit der Faust auf den Kopf geschlagen hatte.
Wir kamen an. Die geschlossene Tür machte mich unruhig. Richtig, kaum waren wir nähergekommen, lasen wir eine Tafel: »Wegen Urlaubs geschlossen. Besuchen Sie das Restaurant ›Fetter Karpfen.‹«
»Wo ist *das* nun wieder?« fragte Karsten gereizt. »An der Donau«, stammelte ich kleinlaut. »Ich finde es unverschämt«, zischte Frau Karsten, »ausländische Gäste so herumzuhetzen!« »Dafür werden Sie die besten Fische bekommen«, versprach ich. »Dundi mag keine Fische! Dundi mag Daiserschmarren!« brüllte das Blondköpfchen und trat mich gegen das Schienbein, wofür ich ihr in einem unbewachten Augenblick das linke Ohr verdrehte.
»Dundi betommt Daiserschmarren«, dalkte der Vater wieder. Dundi bekam *keinen* Daiserschmarren. Der »Fette Karpfen« *hatte* keinen Kaiserschmarren. Der »Fette Karpfen« hatte aber auch keine Fische, der »Fette Karpfen« hatte nichts – der »Fette Karpfen« hatte geschlossen. Und zwar – wie wir lesen konnten – wegen Neuübernahme. Und weiter: »Besuchen Sie unser Ausweichlokal »Zur flotten Forelle« in Plattendorf.«
»Wo ist Plattendorf?« fragte Karsten, diesmal bereits ziemlich unfreundlich.
»Im Burgenland«, stotterte ich.
Der Taxilenker weigerte sich, uns hinzufahren. Plattendorf liegt an der ungarischen Grenze. Er war Ungarnflüchtling und wollte nichts riskieren. Da wir kein anderes Taxi fanden – während der Festwochen sind alle besetzt – charterten wir einen Heuwagen. »Ich möchte wissen, warum wir gerade nach Wien fahren mußten!« fauchte Frau Karsten unterwegs. »Warum mußten wir

dlade nach Wien fahren?« wandte Gundi sich an ihren Vater. »Weil ich einmal etwas anderes sehen wollte als die Gesichter meiner Schwiegereltern!« brauste Karsten auf. »Idiot!« sagte Frau Karsten. »Kuh!« sagte Karsten. »Daiserschmarren!« sagte Gundi.

Dann schwiegen sie bis zu unserer Ankunft in Plattendorf.

Die »Flotte Forelle« hatte sonntags Ruhetag, empfahl uns aber das Restaurant »Nockerl« in Salzburg. Wir mieteten einen Traktor, versuchten es dann mit Autostopp und bekamen in Eisenstadt wieder ein Taxi. In Salzburg erfuhren wir, daß das Restaurant »Nockerl« geschlossen, dafür aber das Restaurant »Zum verdorbenen Magen« in Klagenfurt geöffnet sei. Es war spätabends, als wir dort ankamen. Auch der »Verdorbene Magen« hatte geschlossen. Man nannte uns das Restaurant »Zur schlechten Verdauung« in Tirol. Wir fuhren nach Tirol, fanden einen Zettel, daß das Restaurant wegen Konkurses geschlossen habe, daß sich aber das Restaurant »Zur lustigen Gastritis« in Linz freuen würde, uns zu empfangen. Wir fuhren nach Linz – geschlossen – nach Vorarlberg – geschlossen – in die Steiermark – geschlossen. Kreuz und quer durch Österreich. Karsten war apathisch geworden. Haar und Bart waren gewachsen, und er sah aus wie der Graf von Monte Christo. Frau Karsten blickte abwesend vor sich hin, ich sah mir den Taxilenker an und dachte an Kannibalismus, und nur Gundi hatte noch die Kraft, an das Fenster zu schlagen und »Daiserschmarren!« zu rufen. Unterwegs wurden wir einigemale geknipst. Wie ich später erfuhr, waren die Photos für Amnesty International bestimmt und sollten Aufschluß geben über die Behandlung von BRD-Bürgern in Österreich. Der Taxilenker verließ uns.

Er war uns richtig ans Herz gewachsen und wir ihm auch, aber er mußte in zwei Tagen zum Bundesheer einrücken und fürchtete, zu spät zu kommen. Er verabschiedete sich von uns mit Tränen in den Augen. Immerhin hatten wir einen Teil unseres Lebens gemeinsam zurückgelegt.
Karsten raffte sich auf »Fahren wir mit der Bahn«, schlug er vor. »Dort finden wir einen Speisewagen oder ein Buffet.« Wir schleppten uns zum Bahnhof. Kein Speisewagen, kein Buffet. In allen Stationen Ruhetag. Hier mußte Goethe die Inspiration zu seinem Gedicht »Über allen Gipfeln ist Ruh« gefunden haben.
Der Morgen dämmerte, als wir zu Hause ankamen. Meine Frau meinte: »Wir haben sicher etwas im Kühlschrank.« Wir hatten etwas im Kühlschrank. Eiswürfel. Frau Karsten und Gundi teilten sie sich. Man hatte der Kleinen eingeredet, daß das ein Kaiserschmarren sei. Karsten knabberte an seinen Schuhsohlen. Ich wurde vor Hunger ohnmächtig.
Am nächsten Morgen führte ich die Familie, reisefertig, mit gepackten Koffern, zum Frühstück. In unserem Haus gibt es ein kleines Kaffeerestaurant. Ich erzählte dem Ober unsere Erlebnisse vom Tag zuvor. Der Ober wunderte sich. »Warum sind Sie nicht zu uns gekommen?« fragte er. »Wir haben immer geöffnet.« Karstens sahen mich an, mit einem Blick, in dem sich Haß und Verachtung mischten. Dann verließen sie mich. Ich bin ihnen nie wieder begegnet.

Meine Frau und ich feierten noch lange das Erlebnis ihrer Abreise, indem wir jeden Tag in einem andern der damals geschlossenen Lokale speisten.
Im »Fetten Karpfen« lernten wir ein nettes, deutsches

Ehepaar kennen. Hansens aus München. »Wenn Sie mal nach München kommen«, sagte Hansen, »müssen Sie unsere Gäste sein.«
»Und Sie«, sagte ich, »wenn Sie nach Wien kommen.«

Eine Ehe ohne Kinder ist sorgloser, friedlicher, billiger. Und doch wünscht sich jedes Ehepaar:

Familienzuwachs

Hummel klopfte an die Tür des Chefzimmers.
»Herein!« tönte es heraus.
Hummel trat schüchtern ein. »Guten Morgen, Herr Chef«, sagte er respektvoll.
»Sie sind es, Hummel? Nehmen Sie Platz!« Hummel setzte sich. Wenn er es bloß schon hinter sich hätte. Drei Tage lang hatte er es sich überlegt. Nun saß er dem Schicksal gegenüber und ängstigte sich. Bolberitz sah sich gern als Vater seiner Angestellten. Er war ein Chef, den man lieben *mußte.* Liebte man ihn *nicht,* flog man hinaus.
»Was kann ich für Sie tun, Hummel?«
Hummel räusperte sich. »Ich hätte ein Anliegen, Herr Chef ...«
»Bitte! Frisch von der Leber weg!«
»Ich möchte ... ich weiß nicht, wie ich es Ihnen sagen soll, Herr Chef ... Herr Chef kennen mich seit Jahren ... ich möchte – um eine Gehaltserhöhung bitten.«
Bolberitz wurde zum zweiten Marcel Marceau. Sein Gesicht verwandelte sich in Blitzesschnelle von einem Engelsantlitz in eine Teufelsfratze. »Gehaltserhöhung?« wiederholte er. »Wissen Sie, was das heißt? Bei diesen Zeiten? Wissen Sie, wie schwierig es ist, heutzutage ein Geschäft zu führen? Die hohen Steuern, die sozialen Abgaben, der Strom, das Licht, die Inflation? Mein Telephon kommt mir vor wie das böse Gewissen. Lauter mahnende Stimmen. Und da kommen Sie und verlangen Gehaltserhöhung? Mit welcher Berechtigung?«
Hummel wurde sichtlich kleiner. »Ich habe Familienzuwachs bekommen, Herr Chef«, stammelte er. Er erwartete ein Donnerwetter – aber nein: die Teufelsfratze wurde wieder zum Engelsantlitz.

»Familienzuwachs?« sagte Bolberitz erfreut. »Gratuliere! Das ist natürlich etwas anderes! Dafür habe ich Verständnis! Ich bin ja selbst durch und durch Familienmensch! Familienzuwachs! Das freut mich, mein lieber Hummel! Wollen Sie eine Zigarre? Hier!« Er schob Hummel ein Kistchen hin, Hummel nahm eine Zigarre heraus, Bolberitz gab ihm Feuer. Das hatte noch keiner seiner Angestellten erlebt. Hummel schwoll die Brust, er wurde um einen Kopf größer. »Ich liebe es, wenn meine Mitarbeiter Familie haben«, setzte Bolberitz fort. »Es macht sie seriöser – verantwortungsbewußter. Als Familienvater muß man an die Zukunft denken, und das kommt auch dem Betrieb zugute. Und es gibt nichts Schöneres, lieber Hummel, als Familie zu haben! Ich habe fünf Kinder – zwei große und drei kleine! Dieser Jubel, wenn ich am Abend nach Hause komme! Besonders bei den Kleinen! Rechts hängt sich eines an, links hängt sich eines an, das Baby strampelt in der Wiege – man weiß plötzlich, wofür man lebt! Wenn Sie Familienzuwachs bekommen haben, will ich Ihnen natürlich gern die verlangte Gehaltserhöhung bewilligen. Wieviel verdienen Sie zur Zeit bei mir?«
»Achttausend Schilling, Herr Chef.«
»Und wieviel möchten Sie gern verdienen?«
»Wenn es nicht zuviel verlangt ist – neuntausend?«
»Sagen wir zehntausend, mein Guter! Ab nächsten Ersten ist Ihr Gehalt um zweitausend Schilling erhöht.«
Hummel fühlte, wie seine Augen naß wurden. »Danke, Herr Chef«, sagte er überglücklich. »Darf ich nun wieder an meine Arbeit gehen?«
»Warten Sie doch noch einen Augenblick. Sagen Sie mir wenigstens was es ist? Ein Bub oder ein Mädel?«

»Keines von beiden«, sagte Hummel. »Meine Schwiegermutter ist zu uns übersiedelt.«

Am selben Tag noch suchte Bolberitz einen Angestellten – und Hummel einen Posten.

In den Fernsehkrimis werden derart haarsträubende Brutalitäten gezeigt, daß man manchmal glaubt, die Nachrichten zu sehen. Ich liebe die Nachrichten. Ich bin auf keine Sendung so gierig wie auf die

Zeit im Bild

Ich kam ins Kaffeehaus und war excited, wie mein Freund Robinson zu sagen pflegt, seitdem er 14 Tage in den Vereinigten Staaten zugebracht hatte. Da saß Joschi. Joschi im Kaffeehaus sitzen zu sehen, ist noch kein Grund, excited zu sein. Das Kaffeehaus ist sein Büro, hier trifft er sich mit Freunden und Freundinnen, mit Gläubigern und Pfändungsbeamten, es ist sein Wintersport- und sein Sommerkurort – sein Alles. Hier pumpt er sich Geld, hier bleibt er Anton, dem Ober, die Zeche schuldig – hier lebt er. Von der Hand in den Mund. Oft gehört diese Hand einem andern, am öftesten mir. Joschi lebt von Ideen, die ihm von leichtgläubigen Menschen abgekauft werden, und daß die wenigsten dieser Ideen realisierbar sind, ist das Pech der Abnehmer.

Joschi saß also im Kaffeehaus. Aber *wie* er saß. Zigarre rauchend, den Kopf stolz erhoben, vor sich eine Flasche Sekt. Ich trat näher.

»Servus«, sagte ich.

»Servus. Setz dich. Anton, noch ein Glas.«

Anton brachte ein Glas für mich. Seine Hand zitterte, als er mir einschenkte. Noch wußte er nicht, wer den Sekt bezahlen würde. Daß Joschi nicht daran dachte, war ihm klar. Jetzt, wo ich da war, schöpfte er wieder Hoffnung.

»Was feierst du?« fragte ich verwundert.

»Die Idee meines Lebens.«

»Wieder einmal?«

»Wie meinst du das?«

»Du hast schon so oft die Idee deines Lebens gefeiert, und was ist dabei herausgekommen? Nichts.«

»Diesmal kannst du unbesorgt sein. Trink!«

»Prost!« Wir tranken. »Also – was ist es?«

»Schwörst du mir, daß du es nicht weitersagst?«

»Ich schwöre.«
»Die Sache muß nämlich, auch wenn sie einmal unter Dach und Fach gebracht ist, ein Geheimnis bleiben.«
»Du kannst dich auf mich verlassen.«
»Hast du einen Fernsehapparat?«
»Farbe.«
»Unwichtig.«
»Deine Idee hat also mit dem Fernsehen zu tun.«
»Ja.«
»Eine neue Sendereihe?«
»Ein ›Extra‹ zu einer alten Sendereihe. Siehst du dir öfters die ›Zeit im Bild‹ an?«
»Ja.«
»Die ›Tagesschau‹ in der Bundesrepublik?«
»Wenn ich draußen bin.«
»Okay. Ich will dir damit nur zu verstehen geben, daß meine Idee nicht nur für Österreich Gültigkeit hat, sondern auch für die BRD. Für die ganze Welt. Man kann sie in alle Sprachen übersetzen. Sie ist international.«
»Was ist es?« Ich wurde ungeduldig.
»Ist es dir noch nie aufgefallen, daß die Nachrichtensprecher ihren Text das eine Mal so schnell wie möglich herunterhudeln, während sie das andere Mal zwischen den Nachrichten Pausen einlegen?«
»Nein. Jetzt, wo du es mir sagst – vielleicht.«
»Ich werde dir den Grund dafür nennen. Es gibt Abende, an denen sie einfach zu wenig Nachrichten haben. In diesem Fall müssen sie sie strecken.«
»Aha.«
»Den Leuten sind aber die Nachrichten das liebste vom ganzen Programm. Deshalb gibt es an solchen Abenden Hunderte von wütenden Anrufen wie: Was fällt Ihrem Sprecher ein? Warum diese Pausen? Wir wollen Nach-

richten hören! usw.«
»Woher weißt du das?«
»Eine der Telephonistinnen, die diese Beschwerden entgegennehmen, erfreut sich momentan meiner Gunst.«
»Die Glückliche! Und deine Idee?«
»Ich werde den Fernsehanstalten Zusatznachrichten liefern. Diese Zusatznachrichten sind nach Bedarf einzubauen und – was die Hauptsache ist – sie sind nicht zu widerlegen.«
»Wieso nicht?«
»Nimm einmal an, der Sprecher sagt: ›In Asien, in Hai-Ngong, dem früheren Tschu-lang, ist folgendes passiert etc.‹ Weißt du, wo Hai-Ngong oder Tschu-lang liegt?«
»Nein.«
»Weiß es der Herr dort beim Spiegel oder die Dame im Fenster? Auch nicht. Niemand weiß es, weil weder Hai-Ngong noch Tschu-lang existieren.«
»Ein Geographieprofessor könnte es wissen.«
»Ausgeschlossen. Die Staaten in Asien und in Afrika wechseln heute so oft ihre Namen, daß kein Mensch sie behalten kann. Der Geographieprofessor wird höchstens denken: ›Hai-Ngong? Wo liegt das bloß?‹ Inzwischen ist die nächste Nachricht da, und er hat die vorhergegangene vergessen.«
»Und was hast du davon?«
»Ich gründe die GEFINA, die Gesellschaft für fiktive Nachrichten und verlange für ein Monatsabonnement dreißigtausend Schilling.«
»Ob das nicht zuviel ist?«
»Zuviel?« Joschi war empört. »Den Fernsehanstalten ist nichts zuviel, um die Seher zufriedenzustellen.«
Wenn Joschi recht hatte – wieso merkt man das nicht am Programm?

»Du hast doch sicher bereits einen Entwurf gemacht?« fragte ich.
»Entwurf? Ich habe die Nachrichten für den ersten Monat fertig.«
»Lies vor.«
»Wenn es dich interessiert?« Joschi nahm selbstgefällig einige Bogen Papier aus der Tasche und begann: »In Baschkastan, im früheren Mübarek, stieß der 42jährige Janik Jumurta in betrunkenem Zustand mit einem Schnellzug zusammen. Ein Toter.«
»Nicht schlecht«, sagte ich.
Joschi las weiter: »In Amasat, Bezirk Murad Habulam, wurden drei Personen auf offener Straße erschossen. Die Polizei schließt ein Verbrechen nicht aus.«
Ich mußte zugeben, die Idee hatte etwas für sich.
»Den Ärzten ist es in letzter Zeit immer wieder gelungen, siamesische Zwillinge zu trennen. In Bihar, in Indonindien, schenkte die Frau des 40jährigen Schneiders Assam Hini, ihrem Gatten das 14. Kind. Man will jetzt versuchen, die Eltern zu trennen.«
»Sehr gut! Weiter!«
»In Kafra bei Bragan gelang es dem Terroristen Scharka el Barscha eine Bombe zu basteln, deren Größe und Gewicht es erlauben, sie unterm Fingernagel zu tragen. Als Scharka el Barscha heute, die Bombe unterm Nagel, zum Flugplatz ging, um eine Maschine zu entführen, explodierte der Sprengkörper aus bisher unbekannten Gründen. Von dem Bastler fehlt jede Spur.«
»Gut.«
»In den Friedensverhandlungen zwischen den schwarzafrikanischen Staaten Batarabata und Batarabutu wurde gestern von Batarabata die Tür zugeschlagen, heute von Batarabutu wieder geöffnet und von Batarabata neuer-

lich zugeschlagen. Mnumbanga, der Präsident des Staates Batarabiti machte den Vorschlag, eine Drehtüre machen zu lassen.«

»Ausgezeichnet!«

»In Lupal, dem Ministaat am Fuße des Patatschunko, wurde ein Gesetz erlassen, demzufolge jedem Verbrecher jener Körperteil abzuhacken ist, mit dem er das Verbrechen begangen hat. Dem Lügner die Zunge, dem Dieb die Hand, dem Mörder der Arm usw. Man erhofft sich davon einen Rückgang der Ehebrüche.«

»Wunderbar! Weiter!«

»Auf der Insel Mancara ist dem 60jährigen Physiker Wata Pumanga eine bemerkenswerte Erfindung gelungen: Ein Apparat, mit dessen Hilfe man mit jedem Verstorbenen noch eine Stunde nach seinem Tod reden kann. Allerdings ist es bisher noch nicht gelungen, die Toten zu einer Antwort zu bewegen.«

»Bravo! Noch etwas!«

Joschi sah auf die Uhr. »Ich muß gehen«, sagte er aufgeregt. »Ich habe in dieser Angelegenheit die erste Besprechung mit dem Generalintendanten des ORF. Wenn du auf mich warten willst – ich bin längstens in einer Stunde zurück. Ich werde fünfzigtausend Schilling verlangen und dreißigtausend bekommen. Rechne inzwischen nach, wieviel ich dir schuldig bin – und halt mir die Daumen.« Er ging.

Ich rechnete – es waren insgesamt 14 631 Schilling und 11 Groschen, die ich von Joschi zu bekommen hatte. Ich hätte nie gedacht, daß es soviel ausmachen würde. Ich hielt also die Daumen doppelt intensiv.

Joschi war bereits nach einer halben Stunde wieder da. Er sah nicht sehr siegreich aus. Im Gegenteil! Geschlagen ließ er sich in einen Stuhl fallen.

»Was ist los?« fragte ich. »Seid ihr nicht einig geworden?«
Joschi schüttelte verneinend den Kopf.
»Hast du zu große Ansprüche gestellt?«
Schweigen.
»Was hast du verlangt?«
»Fünfzigtausend.«
»Und?«
»Der Generalintendant bedauerte und sagte: ›Solche Nachrichten bekommen wir von fast allen internationalen Nachrichtenagenturen!‹«

Den Sekt bezahlte ich. Joschi schuldet mir jetzt 14845 Schilling und 13 Groschen.

Mein Lieblingswitz: In Australien bekam ein Mann zu seinem Geburtstag einen neuen Bumerang und wollte den alten wegwerfen. Aus.

Der Bumerang

Bamberger war ein Bumerang. Man konnte ihn nicht loswerden. Wenn man mit ihm beisammensaß und ihn beleidigte – ja, selbst wenn er aufstand und fortging – er kam wieder zurück.
Dr. Robinson hatte seinetwegen bereits einmal die Wohnung, zweimal die Kanzlei und dreimal das Kaffeehaus gewechselt – Bamberger hatte ihn immer wieder aufgespürt. Robinson versuchte es mit einem vierten Kaffeehaus. Gemütlich saß er bei seinem Mokka – wer trat ein? Bamberger.
»Schön, Sie zu sehen!« begrüßte er Robinson.
Robinson erblaßte. »Wer hat Ihnen gesagt, daß ich hier bin?«
»Ihre Frau. Ich habe bei Ihnen angerufen.«
Meine Frau, dachte Robinson grimmig. Warum lasse ich sie auch ans Telephon gehen? Warum habe ich nicht lieber einen automatischen Telephonanrufebeantworter geheiratet, der gesagt hätte, daß ich auf den Fidschiinseln bin und erst wieder am 1. Jänner 2000, ab 15 Uhr, im Kaffeehaus zu erreichen sein werde.
Bamberger begann. »Ich bin schon fünfmal an Ihrem Haus vorübergegangen.«
»Das war schön von Ihnen«, bemerkte Robinson.
»Ich wußte nicht, daß Sie jetzt dort wohnen. Ihr Freund, Herr Wimmer, hat mir Ihre Nummer gegeben.«
Freund, dachte Robinson bitter. Freund! Einer, der einem Ekel wie dir meine Nummer gibt.
»Ich brauche Ihren Rat als Anwalt«, sagte Bamberger.
Das war etwas anderes. Robinson setzte sich zurecht. Für Klienten war er immer zu haben.
»Mein Bruder ist zwar auch Anwalt«, fuhr Bamberger fort, »aber ich rede nicht mit ihm, seitdem er das Testament meines Onkels angefochten hat, in dem ich besser

bedacht war als er.« Er nickte betrübt vor sich hin. »Mein Zwillingsbruder!« betonte er. »Ein Mensch, der mir alles zu verdanken hat.«

»Was hat Ihnen Ihr Zwillingsbruder zu verdanken?« fragte Robinson.

Bamberger sah ihn erstaunt an. »Na hören Sie?« wunderte er sich. »Wenn ich nicht dabei gewesen wäre, wäre er doch ein Mann mit zwei Köpfen geworden.«

Robinson fragte sich, ob er als normaler Mensch einen Trottel wie Bamberger überhaupt anhören sollte, aber der Anwalt in ihm war stärker als der Mensch. »Was haben Sie für ein Problem?« erkundigte er sich.

»Sie befassen sich doch in Ihrer Kanzlei auch mit dem An- und Verkauf von Realitäten?«

»Ja.« Robinson rückte interessiert näher.

»Meine Frau hat vor Jahren ein kleines Landhaus geerbt, das sie verkaufen möchte.«

»Warum?«

»Weil es zu teuer kommt. Wir müssen die Grundsteuer bezahlen, die Wassergebühr, die Müllabfuhr, die Zinsen für die Hypothek . . .«

»Gut. Setzen wir ein Inserat auf.« Robinson nahm aus seinem Aktenkoffer Schreibblock und Kugelschreiber und begann: »Schönes Landhaus zu verkaufen.«

Bamberger unterbrach ihn. »Schön ist es eigentlich nicht, Herr Doktor«, meinte er zaghaft.

»Ich kann aber nicht schreiben: Häßliches Landhaus zu verkaufen. Wo liegt es?«

»Bei Iglgrundshausen.«

»*Bei* Iglgrundshausen? Nicht einmal *in* Iglgrundshausen?«

»Leider.«

»Wo liegt Iglgrundshausen?«

»Bei Ober-Ochsendorf.«
»Und wo liegt Ober-Ochsendorf?«
»Bei Etschwangstetten.«
»Und wie weit ist es von Iglgrundshausen nach Etschwangstetten?«
»Zwei Stunden zu gehen, wenn man rennt.«
»Ich werde schreiben: Nähe Wien«, beschloß Robinson.
Bamberger sah ihn befremdet an. »Herr Doktor«, meinte er zögernd, »wissen Sie, wie weit Wien von Etschwangstetten entfernt ist?«
Robinson winkte ab. »Wissen Sie, wie weit der Mond von der Erde entfernt ist«, fragte er, »und man erreicht ihn doch? Was für ein Gegenüber hat das Haus?«
»Einen Misthaufen«, sagte Bamberger. »Seit Jahren verspricht uns die Gemeindeverwaltung einen Park, aber bis jetzt wurde keiner gemacht.«
»Ich werde schreiben: Aussicht auf herrlichen Park.«
»Es ist doch noch keiner da«, wandte Bamberger ein.
»Aber die Aussicht ist da, daß einer hinkommt. In was für einem Zustand ist das Gebäude?«
»Vorne geht es«, meinte Bamberger. »Im Garten mußte es mit alten Bäumen gepölzt werden.«
»Sehr gut«, fand Robinson und schrieb: »Garten mit altem Baumbestand, Sauerstoffreservoir. Wie ist die Umgebung?«
»Schrecklich. Eine Ruine neben der andern.«
»Das ist doch herrlich! Romantische Gegend. Ist an dem Haus etwas zu reparieren?«
»Etwas?« stöhnte Bamberger. »Alles. Es ist so feucht, daß das Wasser von den Wänden rinnt.«
»Wunderbar!« Robinson schrieb: »Fließwasser.«
»In zwei Zimmern ist die Decke so undicht, daß man nach einem starken Regen baden kann.«

»Zwei Badezimmer.«
»Im Keller wachsen Pilze.«
»Günstig für Champignonzucht.«
»Außerdem fehlen zwölf Fensterscheiben.«
»Luftige Räume. Was haben Sie für eine Heizung?«
»Einen alten Petroleumofen. Im Winter haben wir Eisblumen an den Fenstern.«
»Großer Wintergarten. Wie ist die Lage des Hauses? Ruhig?«
Bamberger lachte bitter auf. »Von früh bis spät spielen die Kinder vor dem Haus Fußball. Man lebt ständig in der Angst, einen Ball an den Kopf zu kriegen.«
»Ideal für größere Familien. Kinderparadies. In zwei Zimmer regnet es hinein. Sonst ist das Dach stabil?«
»Solange es windstill ist. Wie sich das leiseste Lüftchen rührt, fallen die Ziegel ab.«
»Schreiben wir: Günstige Kapitalsanlage.«
»Wieso?«
»Weil ständig etwas abfällt. Ich glaube, das genügt. Ich werde noch meine Telephonnummer druntersetzen: 44-11-92, Anwaltskanzlei. Hören Sie, was ich geschrieben habe.« Robinson las: »Schönes Landhaus zu verkaufen, Nähe Wien, mit Aussicht auf herrlichen Park, Garten mit altem Baumbestand, Sauerstoffreservoir, Fließwasser, 2 Badezimmer, luftige Räume, günstig für Champignonzucht, ideal für größere Familien, Kinderparadies, günstige Kapitalsanlage, da ständig etwas abfällt, Auskunft 44-11-92, Anwaltskanzlei. – Ist es Ihnen so recht?«
»Ja«, sagte Bamberger strahlend.
»Dann werde ich das Inserat sofort zur Zeitung schicken.«
Bamberger sah Robinson verwundert an. »Zur Zeitung

schicken?« wiederholte er. »Das Inserat? Denken Sie, ich bin verrückt, daß ich ein solches Haus verkaufe?!?«

Überzeugungskraft muß man haben. Daß Bamberger plötzlich der Ansicht ist, ein schönes Haus zu besitzen, ist nicht so verwunderlich. Verwunderlicher ist es, daß Dr. Robinson sich seither bemüht, es ihm abzukaufen.

Frauen sind klüger als Männer. Der Beweis: ich habe meine Frau geheiratet – meine Frau hat mich geheiratet.

Der erste Hochzeitstag

Wurmser war geheiratet worden. Er war ein eingefleischter Junggeselle, und niemand hätte gedacht, daß es eines Tages dazu kommen könnte. Auch Wurmser nicht. Und als ich ihm nach der Hochzeit sagte: »Ich hätte es nicht für möglich gehalten, daß du einmal in den See der Ehe springen wirst!« – da antwortete er: »Ich bin nicht gesprungen, meine Schwiegermutter hat mich hineingestoßen.«

Wurmsers Frau war Evelyn, die Tochter unseres Zahnarztes Dr. Wronsky. Und die Ehe lief eigentlich recht gut an.

Bis zum ersten Hochzeitstag. Den wollte man feiern. Wurmser nahm acht Tage Urlaub, und diese acht Tage wollte er mit Evelyn an demselben Ort verbringen, an dem sie ihre Flitterwochen verbracht hatten: in Arosa.

Es war nach dem Mittagessen. Alles lag auf der Sonnenterrasse des Kurhotels, kein Laut war zu hören – man schlief. Auch Wurmser, der sich schon auf ein Stündchen Schlaf gefreut hatte, war eben eingenickt, als er Evelyn plötzlich leise kichern hörte.

»Warum kicherst du?« fragte er.

»Ach, nichts«, sagte sie.

»Du hast doch gekichert –«

»Und?«

»Wenn man kichert, muß man sich etwas dabei gedacht haben.«

»Ja.«

»Also? Woran hast du gedacht?«

»Es ist nicht der Rede wert. Eine Dummheit, glaube mir.«

»Ich will es aber wissen«, sagte Wurmser beharrlich. Wie er später erzählte, hätte er bedeutend lieber geschlafen, aber er wollte Evelyn beweisen, welches Inter-

esse er – noch nach einem Jahr Ehe – an ihren Gedanken nahm. »Also?« fragte er deshalb noch einmal.
»Woran hast du gedacht?«
»An unsere Flitterwochen«, sagte Evelyn.
»Ach so!« Wurmser schloß müde die Augen.
Evelyn war leicht pikiert. »Du fragst gar nicht, *was* ich gedacht habe«, meinte sie.
»Du wirst es mir später erzählen«, entgegnete Wurmser. »Jetzt wollen wir schlafen.« Er drehte sich auf die rechte Seite und kehrte ihr den Rücken zu.
»Das hättest du damals nicht gesagt.«
Wurmser drehte sich zurück. »Was hätte ich wann nicht gesagt?«
»In unseren Flitterwochen, jetzt wollen wir schlafen. Damals wolltest du alles andere eher als schlafen.«
»Aber nicht auf der Sonnenterrasse«. Wurmser wurde ungeduldig.
»Ach so?« meinte Evely gereizt. »Ich könnte dir Sätze wiederholen – Sätze, die du mir gesagt hast – und weißt du wo? Hier auf der Sonnenterrasse.«
»Das war damals«, sagte Wurmser. »Damals war außer uns niemand da. Heute ist die Terrasse voller Menschen. Wir müssen still sein, sie wollen schlafen.« Und ich auch, setzte er im Geist hinzu und drehte sich wieder nach rechts.
Evelyn hatte ihm nicht zugehört. »Die Versprechungen, die du mir gemacht hast«, setzte sie fort.
»Versprechungen?« Wurmser drehte sich zurück. »Was für Versprechungen habe ich dir gemacht?«
»Die Erde wolltest du mir zu Füßen legen.«
»Na schön, da liegt sie!« Er drehte sich wieder nach rechts.
»Du bist kein Liebhaber«, sagte Evelyn.

Wurmser drehte sich zurück. »Ich *bin* ein Liebhaber«, meinte er verzweifelt, »aber alles zu seiner Zeit. Jetzt, nach dem Essen, mit der Rindsroulade im Magen, möchte ich schlafen.« Er drehte sich nach rechts.

»Ich möchte wissen, ob Casanova nach dem Essen geschlafen hat«, sagte Evelyn spöttisch.

»Wenn er Rindsrouladen gegessen hat, bestimmt.« Wurmser hatte sich wieder zurückgedreht. »Außerdem bin ich kein Casanova, ich bin Besitzer eines Lederwarengeschäftes, und Besitzer von Lederwarengeschäften pflegen nach dem Essen zu schlafen.« Er drehte sich wieder nach rechts.

»Du hast mich nie richtig geliebt«, warf Evelyn ihm vor.

Wurmser drehte sich zurück. »Ich habe dich geliebt«, stellte er fest, »und ich liebe dich immer noch. Oder glaubst du, ich habe dich geheiratet, weil ich hoffte, daß mir dein Vater einmal seine Bohrmaschine vermachen würde?«

»Meinen Vater laß aus dem Spiel! Mein Vater ist ein wunderbarer Mann!«

»Ich weiß es! Dein Vater ist ein wunderbarer Mann, deine Mutter eine wunderbare Frau und du eine wunderbare Tochter! Aber ich bin ein *müder* Mann, und müde Männer möchten schlafen!« Er warf sich nach rechts.

Evelyn seufzte. »Wenn ich an Schiller denke . . .«

Wurmser schmiß sich zurück. »An was für einen Schiller?« fragte er.

»An Friedrich von Schiller. Kennst du nicht sein Gedicht ›Der Handschuh‹? Eine Dame warf ihren Handschuh in einen Löwenkäfig, und ihr Ritter ging hinein und holte ihn heraus.«

»Er hat ihn ihr aber auch ins Gesicht geworfen und sie zu selbiger Stunde verlassen.«

»Egal! Du würdest meinetwegen nicht in einen Löwenkäfig gehen.«
»Deinetwegen vielleicht schon, aber nicht deiner Handschuhe wegen. Ich würde dir höchstens ein Paar neue kaufen.«
»Bei Weinlich & Knoll«, meinte Evelyn höhnisch. »Dort hast du zehn Prozent Rabatt.«
»Na und? Ist es eine Schande, wenn man dort kauft, wo es billiger ist?«
»Romeo hat sicherlich nicht nach dem Preis gefragt, als er das Gift für Julia kaufte.«
»Wenn ich Gift für dich kaufe, werde ich auch nicht nach dem Preis fragen, aber bei Handschuhen schon.«
Die ersten Gäste drehten sich bereits mißbilligend nach ihnen um.
»Evelyn«, lenkte Wurmser ein, »wir wollen doch nicht streiten – heute, an unserm ersten Hochzeitstag.«
Evelyn lächelte süßlich. »Ich will absolut nicht streiten, mein Schatz«, sagte sie, »ich muß mich bloß erst mit dem Gedanken vertraut machen, daß du mich nicht mehr liebst.«
»Ich liebe dich aber, zum Teufel hinein!« fluchte Wurmser wütend.
»Beweise es.«
»Wie?«
Evelyn wurde ruhig. »Es war nur ein Scherz. Dreh dich um und schlafe.«
»Jetzt kann ich nicht schlafen! Was soll ich tun?«
»Erinnerst du dich an den Berg, den wir gestern bestiegen haben?«
»Ja. Willst du, daß ich mich von oben hinunterstürze? Es sind nur zweitausend Meter.«
»Unsinn. Ich wollte dir nur sagen, daß ich schon ge-

stern, dort auf dem Gipfel, die Idee hatte, einen Liebesbeweis von dir zu verlangen. Aber heute – und hier ist sie erst richtig gereift.«

»Also? Was verlangst du?«

»Reden wir nicht mehr davon.«

»Ich will aber davon reden!«

»Gut. Wenn du mir beweisen willst, daß du mich liebst – dann gib mir eine Ohrfeige.«

»Eine – was?«

»Eine Ohrfeige.«

»Aber warum?«

»Nur so. Damit ich sehe, daß du mir zuliebe auch Unannehmlichkeiten in Kauf nimmst. Schau dich um. Außer uns liegen 32 Hotelgäste auf der Terrasse. Ich habe sie gezählt. Einige schlafen, die andern sind wach – aber keiner rührt sich. Alle suchen Ruhe, Stille und Frieden. Jetzt gibst du mir eine Ohrfeige. Weißt du, was die Folge sein wird?«

»Was wird die Folge sein?« stammelte Wurmser.

»Ein Skandal. Die Leute werden aufspringen und werden sagen: ›Was ist geschehen? Er hat ihr eine Ohrfeige gegeben! Unverschämt! Dieser Rowdy! Die arme Frau!‹ Alle werden auf dich losstürzen. Auch der Hoteldirektor.«

»Und da verlangst du von mir –?«

»Daß du mir eine Ohrfeige gibst. Ja! Also?« Sie hielt ihm ihre Wange hin.

»Evelyn«, flehte Wurmser, »sei doch gescheit! Gehen wir auf unser Zimmer. Ich gebe dir zwei Ohrfeigen, drei Ohrfeigen, soviel du haben willst . . .«

»Ich will nur *eine* und diese *hier.*«

»Aber Evelyn! Was soll ich zu meiner Entschuldigung sagen?«

»Nichts, lassen wir das. Ich bin dir nicht den kleinsten Eklat wert. Ich weiß nur nicht, wozu ich dich geheiratet habe, wenn ich nicht einmal eine Ohrfeige haben kann.«

Wurmser war entschlossen. »Gut«, sagte er mit zusammengebissenen Zähnen. »Du sollst deine Ohrfeige haben. Da!« Er klebte ihr eine.

»Ernst!« schrie Evelyn auf.

Die Gäste waren außer sich. Sie riefen durcheinander: »Was ist geschehen? Er hat ihr eine Ohrfeige gegeben! Unverschämt! Dieser Rowdy! Die arme Frau!« Sie stürzten auf Wurmser los. Auch der Hoteldirektor kam.

»Was fällt Ihnen ein?« schrie er empört. Sie scheinen nicht zu wissen, wo sie sich befinden! Ich, als Manager dieses Hotels, sage Ihnen –«

Wurmser unterbrach ihn. »Sie haben mir nichts zu sagen!« schrie er zurück. »Die Dame ist meine Frau!«

»Das entschuldigt in keiner Weise Ihr Vorgehen!« brüllte der Manager. »Oder finden Sie nicht selbst, daß Sie zu weit gegangen sind?«

»Zu weit *gegangen?«* tobte Wurmser. »Zu weit *gefahren!* Ich hätte ihr schon in Wien eine herunterhauen sollen!«

Drei Monate später folgte die Scheidung. Aus Verschulden des Ehemannes: Gattenmißhandlung am ersten Hochzeitstag.

Zeugen: 32 Hotelgäste und 1 Manager. Und wieder drei Monate später heiratete Evelyn Dr. Becker, einen jungen Anwalt, mit dem sie bereits seit einem halben Jahr ein Verhältnis hatte. Übrigens, die Idee mit der Ohrfeige stammte von ihm.

Groucho Marx sagte: »Ein Klub, der *mich* aufnimmt, kann kein guter Klub sein!«

Der Geheimbund

Joschi kam ins Kaffeehaus. Er blickte um sich, als ob er jemanden suchen würde, dann setzte er sich zu mir.
»Einen Mokka!« rief er Anton zu. Anton ist der Ober. Anton ist im Dienste ergraut, aber nicht nur das, er ist im Dienst auch senil geworden. »Einen Mokka!« wiederholte er laut. Er wiederholt alles, was man bestellt, laut, um es sich einzuprägen, wiederholt es auf dem Weg zur Küche noch einige Male und bringt dann etwas anderes. Aber er geht nicht in Pension. Er ist einer jener alten Menschen, die alt *werden*, aber nicht alt *sein* wollen.
Mein Großvater gehörte zu ihnen. Er sagte mit neunzig: »Ich bin nicht alt. Es ist bloß die falsche Einteilung des Kalenders. Wenn das Jahr anstatt zwölf Monaten vierundzwanzig hätte, wäre ich erst fünfundvierzig.« Und er bombardierte alle Stellen, vom Bezirksamt angefangen über die UNO bis zum Papst, mit seinen Briefen. »Wenn Sie ein Überaltern der Menschheit verhindern wollen, ändern Sie den Kalender.« Und er war wütend, weil man nicht auf ihn hörte.
Anton kam mit dem Tee. »Ich habe einen Mokka bestellt«, meinte Joschi freundlich. »Entschuldige!« sagte Anton, trug den Tee zur Küche zurück und brachte eine Limonade.
Joschi hatte bisher kein Wort mit mir gesprochen. Er sah nach links, rieb sich plötzlich die Hände, als ob er sie sich eben gewaschen hätte, und schnupperte dazu mit der Nase wie ein Kaninchen. Dann sah er nach rechts und wiederholte das Spiel. Was hatte er? Ich hütete mich, ihn zu fragen – es könnte mich Geld kosten. Joschi ist ein guter Kollege, ein wahrer Freund, ein liebenswerter Lebenskünstler, ein verfluchter Hochstapler und ein verdammter Betrüger, der mich schon x-mal

hereingelegt hat. Aber er soll es wieder probieren – so leicht wird es ihm nicht mehr gelingen.
Ein Herr kam aus der Toilette. Er rieb sich die Hände. Schnell machte Joschi es ebenso, aber er schnupperte dazu, was der andere nicht getan hatte. Was sollte das? Ich entschloß mich zu fragen – mit aller Vorsicht natürlich.
»Was machst du da?«
»Ich?« Joschi zuckte zusammen wie einer, der sich ertappt fühlt.
»Was mache ich?«
»Das habe ich doch dich gefragt. Du reibst dir die Hände, zuckst mit der Nase – was bedeutet das?«
Joschi war meine Neugier anscheinend unangenehm. Aber jetzt ließ ich nicht locker. Ich war auf alles gefaßt – er konnte mir nichts anhaben. »Was das bedeutet, habe ich dich gefragt.«
Joschi zögerte. »Ich darf nicht drüber reden«, sagte er.
»Auch zu mir nicht?«
»Auch zu dir nicht. Das heißt . . .«
Anton, der die Limonade zur Küche zurückgetragen hatte, brachte einen Wermut. »Ich habe einen Mokka bestellt«, sagte Joschi.
»Entschuldigen!« nuschelte Anton. »Der Föhn!« Er trug den Wermut wieder fort.
»Also?« forderte ich Joschi auf. Heute wollte ich meinen Spaß haben. Heute sollte er zeigen, was er kann. Von mir kriegt er nichts. »Du warst im Begriff, mir zu erklären . . .«
Joschi hatte es sich anders überlegt. »Ich kann nicht«, sagte er.
»Ich habe geschworen.«
»Geschworen? Wem?«

»Quäl mich doch nicht so! Hast du noch nie von Geheimbünden gehört?«
»Doch. Bist du bei einem solchen?«
»Ja.«
»Bei welchem?«
Joschi krümmte sich wie ein Wurm. »Ich darf es nicht sagen.«
»Joschi!« flehte ich belustigt. »Ich verrate es doch niemandem! Bitte, bitte! Wie heißt der Bund?«
»Pst!« machte Joschi
»Wie heißt der Bund?« fragte ich leiser.
»Pst!«
»Wie heißt der Bund?« hauchte ich so leise, daß ich selbst nicht wußte, ob ich überhaupt gefragt hatte.
»Begreifst du denn nicht?« flüsterte Joschi ebenso leise. »Der Bund heißt ›Pst‹.«
»›Pst‹?« wunderte ich mich. Äußerlich blieb ich ruhig, aber innerlich bog ich mich vor Lachen. Diese Anstrengungen, um mir ein paar hundert Schilling herauszulocken. »Was heißt das – Pst?«
Joschi wurde ungemütlich. »Mußt du denn alles wissen?« fuhr er mich an.
Anton brachte einen Kognak. Joschi versuchte es anders. »Ich habe einen Tee bestellt«, sagte er. Drauf bekam er den Mokka.
Ich gab nicht auf. »Der Name eines Bundes oder eines Vereins muß doch etwas über seine Tätigkeit aussagen. »Wenn ein Verein ›Die Groschensammler‹ heißt, weiß ich, daß es ein Sparverein ist – aber was heißt ›Pst‹?«
»›Pst‹ heißt eben, daß er geheim ist.«
»Das gibt es nicht, Joschi.« Ich konnte mein Lachen kaum noch unterdrücken. »Vielleicht haben die drei Buchstaben, jeder für sich, eine Bedeutung.«

»Das haben sie«, sagte Joschi schnell.
»Na siehst du! Und was heißt ›P‹?«
»›P‹ heißt –«, er dachte kurz nach, »Paganini.«
»Paganini?« wunderte ich mich. »Warum Paganini?«
»Er war der Gründer unseres Bundes.«
»Aha! Und seit wann besteht dieser Bund?«
»Seit dem 16. Jahrhundert.«
»Jetzt habe ich dich!« rief ich triumphierend. »Paganini hat erst im 18. Jahrhundert gelebt.«
Joschi wurde wütend. »Hat erst im 18. Jahrhundert gelebt!« imitierte er mich. »Habe ich gesagt, *was* für ein Paganini den Bund gegründet hat? Du denkst an den Geigisten, aber er war es nicht. *Mein* Paganini war eine Persönlichkeit im 30jährigen Krieg. Als man ihm die Ermordung Wallensteins meldete, machte er ›Pst!‹ und gründete den Bund.«
Ich unterhielt mich großartig. »›P‹ heißt also Paganini. Was heißt ›S‹?«
»S?« Es schien mir, als ob Joschi einen Moment überlegen würde, aber vielleicht täuschte ich mich. »›S‹«, sagte er nämlich im selben Moment, »heißt Sahara.«
»Sahara?« Ich staunte. »Wie kommt der Paganini in die Sahara?«
»Was *ist* die Sahara?« fragte Joschi zornig. »Eine Wüste! Und Paganini sagte in seiner Gründungsrede: ›Ohne unseren Bund wäre die Welt eine Wüste.‹«
Joschi war einmalig. Nicht zu schlagen. »Und ›T‹?« forschte ich weiter.
»Das verrate ich auf keinen Fall! Nein, nein! Das ist unser Hauptgeheimnis.«
»Und du weißt es?«
»Ich, als Präsident, muß es wissen.«
»Du bist der Präsident?« Ich fragte es bewundernd.

»Für Österreich.« Er stampfte grimmig mit dem Fuß auf den Boden. »Ich wollte es, bei Gott, nicht sagen, aber du hast eine Art, einen auszuquetschen . . .«

»Was für Ziele hat der Bund?« fragte ich. »Karitative?«

»Auch. Aber das ist nicht alles. Wir wollen die Welt verbessern. Unser Bund ist über die ganze Erde verstreut, und du hast keine Ahnung, wer alles zu unseren Mitgliedern zählt. Staatspräsidenten, Minister, Künstler, Verleger, Theaterdirektoren . . .«

»Theaterdirektoren?« fragte ich. Ich fühlte, wie Joschi mich, gegen meinen Willen, in seinen Bann zog. »Unterstützen die Mitglieder sich gegenseitig? Ich meine, beruflich . . .«

»Selbstverständlich.«

»Ist Schwarz Mitglied?« (Der Name des Direktors ist dem Verlag bekannt, wurde aber aus begreiflichen Gründen geändert.)

»Das darf ich nicht sagen.«

»Und wenn ich dich etwas Neutrales, nicht den Bund Betreffendes frage? Darfst du dann wenigstens ja oder nein sagen?«

»Natürlich.«

»Ist die Tapete dort grün?«

»Ja.« Schwarz war also Mitglied. Ich habe schon seit längerer Zeit ein Lustspiel in meiner Schreibtischlade liegen, das ich gern bei Schwarz aufgeführt sehen möchte. »Könnte ich nicht auch Mitglied werden?« fragte ich.

»Darüber habe nicht ich zu entscheiden. Da müßte eine Generalversammlung einberufen werden, die Generalversammlung ernennt einen Oberausschuß, der Oberausschuß einen Unterausschuß, der Unterausschuß ein Komitee, und das Komitee befaßt sich mit deiner Aufnahme. Das würde natürlich viele Monate dauern.«

So lange konnte ich nicht warten. Das Lustspiel sollte so schnell wie möglich herauskommen. Es basiert auf den Gegensätzen zwischen der Sowjetunion und den USA. Sollten die Supermächte sich miteinander verständigen, bevor mein Lustspiel aufgeführt wird, wäre es verloren. Ich bin von der Weltpolitik abhängig. Deshalb zittere ich jedesmal, wenn in den USA ein neuer Präsident oder in der Sowjetunion ein neuer Parteichef ans Ruder kommt. »Könntest du mich nicht ohne diese Formalitäten aufnehmen?« fragte ich bittend.
»Ich könnte schon. Als Präsident hätte ich die Macht dazu, aber du weißt – dann ist der eine oder der andere von dir enttäuscht – man würde mir Vorwürfe machen –«
»Ich verspreche dir, daß ich keinen enttäuschen werde.«
»Also gut!« sagte Joschi gnädig. »Schließlich hast du auch schon so manches für mich getan.« Er zog eine Karte aus seiner Brieftasche und überreichte sie mir. Ich las: »Diese Karte bestätigt, daß der Inhaber derselben Angehöriger des Pst-Bundes ist. Der Präsident.« Und drunter: »Diese Karte ist sofort zu vernichten.« Ich verbrannte sie in einem auf dem Tisch stehenden Aschenbecher.
»Und was hat es mit dem Händereiben und dem Schnuppern auf sich?«
»Das sind die Erkennungszeichen.«
»Aha.«
»Du hast jetzt nur noch eine Einschreibgebühr von tausend Schilling zu bezahlen sowie einen Mitgliedsbeitrag von fünfhundert Schilling, zahlbar für ein Jahr im voraus.«
Moment! War ich nicht schon wieder im Begriff, Joschi hereinzufallen? Ich ging zum Telephon und rief

Schwarz an. Seine Frau kam an den Apparat.
»Kann ich Direktor Schwarz sprechen?« fragte ich. »Hier spricht der Pst-Bund.«
»Pst!« flüsterte sie. »Mein Mann ist nicht zu Hause, aber er weiß bereits alles.« Sie legte auf.
Im Geist entschuldigte ich mich bei Joschi – ich hatte ihm unrecht getan. Der Pst-Bund existierte. Ich gab ihm einen Scheck auf eintausendfünfhundert Schilling.
Am nächsten Tag ging ich zu Schwarz. Seine Sekretärin meldete mich an. Schwarz saß an seinem Schreibtisch. Ich rieb mir die Hände und schnupperte. Schwarz wurde weiß, er zog mich ins Zimmer und schloß die Tür.
»Wissen Sie denn nicht«, fragte er leise und aufgeregt, »daß unser Bund polizeilich verboten wurde?«
»Nein. Wann?«
»Vorgestern. Seit wann sind Sie Mitglied?«
»Seit gestern.« Joschi hatte mich wieder hereingelegt.

Schwarz führte mein Lustspiel auf. Die Presse schrieb: »Der Autor ist ein Dichter. Er sollte an sich arbeiten, sollte die höchste Spitze des Parnaß erklimmen – und dann hinunterfallen.« Pst!

Wir Menschen äußern uns geringschätzig über den »Pferdeverstand«. Und doch sind die Pferde klüger als wir Menschen. Gäbe es z. B. Menschenrennen, kein Pferd würde so dumm sein und hingehen, um dabei sein Geld zu verlieren. Ich kannte einmal ein sehr, sehr kluges Pferd. Sein Name war

Jussuf

Meine Frau und ich gingen in Hamburg über die Mönckebergstraße. Wir waren am Hansatheater engagiert und vertraten uns – zwischen den zwei Vorstellungen, die es dort täglich gibt – ein wenig die Beine.
Plötzlich trat uns ein Mann entgegen. »He, ihr beide!« rief er ziemlich laut und verstellte uns den Weg. Wer war er? Was wollte er? Er sah nicht sehr vertrauenserweckend aus. Unrasiert, verbeulte Hose, Pullover, auf dem Kopf eine Mütze wie sie die Hamburger Seeleute tragen – ich kannte ihn, aber woher? Auch meiner Frau sah ich es an, daß sie sich den Kopf darüber zerbrach. Endlich hatte ich es. »Benno!« rief ich freudig überrascht.
»Erraten, Mensch!« lachte er. »Benno, der Mann mit den sprechenden Pferden! Varieté Ronacher, Wien, neunzehnhundertund – nee, wolln wa gar nich sagen, Madam! Ihr kamt *vor* der Pause dran – ich nachher. Wie geht's euch?« Er ließ uns nicht zu Wort kommen. »Das warn noch Zeiten – wat? Wien, Berlin, London, Paris – bis nach Australien bin ich gekomm'. Ich war jung und knusprig, und die Weiber liefen mir nach wie heutzutage 'nem Skiaß! Und wat for Weiber! Und alles ließen sie sich von mir gefallen! Eener richtigen Prinzessin gab ich mal ne Ohrfeige, weil sie gar keene war!« Er lachte, daß die Schaufenster des Warenhauses, vor dem wir standen, zitterten. »Aber nu sagt – wie geht es euch?« Ich setzte an – keine Chance. »Damals gab's noch Kollegen, Mensch! Erinnert ihr euch an Herkules, den Kanonenkönig? Mann, mit dem ha ick Spaß jehabt! Einmal, in Wien, kamen wir so besoffen vom Heurigen, daß wir nich nach Hause fanden. Wir gingen in ein Hotel, und ich sagte zum Portier: ›'n Bett mit zwei Zimmern!‹ Der Portier sagte: ›Sie meinen wohl 'n Zimmer mit zwei Bet-

ten?‹ ›Okay‹, sagte ich – und fünf Minuten später lagen wa beide, ick hatte das Licht abgedreht, im selben Bett. Plötzlich sagt Herkules: ›In meinem Bett liegt eener!‹ Ick sage: ›Wenn du schon davon sprichst – in meinem Bett liegt ooch eener!‹ ›Weißte was?‹ sagte der Kanonenkönig, ›schmeißen wa die zwei raus!‹ ›Okay!‹ sage ich. Es folgt 'n erbitterter Fight und nach kurzer Zeit sagte Herkules: ›Meiner ist draußen!‹ Ick sage: ›Da haste Glück gehabt, meiner hat *mich* hinausgeschmissen!‹ Drauf sagt Herkules: ›Laß man! Komm zu mir – schlafen wa zusamm!‹« Er lachte, daß in der Fußgängerzone einem Gitarrespieler die Saiten seines Instrumentes sprangen. »Wie geht es euch?« fragte er dann, ließ uns aber wieder nicht zu Wort kommen. Er wurde elegisch. »Die Zeit ist vorüber«, seufzte er. »Als das Fernsehen kam, war es aus. Een Varieté nach dem andern wurde geschlossen – uns Artisten ging's immer dreckiger. Erinnert ihr euch an Holger, den Clown mit der dressierten Ente? Er mußte sie essen.« Mir wurde für einen Moment schlecht. Ich hatte, ehe wir Benno trafen, beschlossen, am Abend Entenbraten zu essen – mein Magen disponierte um. Aber Benno hatte recht. Das Fernsehen war der Tod des Varietés. Die Direktoren engagierten die teuersten Nummern, und als sie eintrafen, hatte das Publikum sie längst auf dem Bildschirm gesehen.
»Was machst *du*, Benno?« fragte ich.
»Ich habe geheiratet. Meine Frau betreibt ne kleine Pension für Stripteasetänzerinnen. Läuft prima. Solange Gott mir meine Gesundheit und die Arbeitskraft meiner Frau erhält, kann nischt passieren.«
Ich wagte nicht, ihn nach seinen Pferden zu fragen. Suleika, Salome und Jussuf. Er hatte sie geliebt wie ein anderer seine Kinder liebt. Sie brachten ihm viel Geld,

aber das war nicht der Grund. Es war eine innere Verbundenheit. Und was das sonderbare war – seine sprechenden Pferde bedienten sich keiner Tricks. Sie sprachen wirklich.

Meine Frau schien an dasselbe zu denken wie ich. »Und sonst?« fragte sie.

»Ihr meint die Pferde. Ich habe sie verkauft.« Er bemühte sich, gleichgültig zu scheinen. »Ich konnte sie nicht durchfuttern – aber es geht ihnen gut. Suleika ist Reitpferd bei der Gattin eines Generaldirektors, Salome arbeitet als Rennpferd – bloß Jussuf konnte ich lang und lang nich ankriegen. Schließlich mußte ich ihn an einen Wiener Schausteller verkloppen. Wenn ihr wieder nach Wien kommt, erkundigt euch mal nach Jussuf. Der Mann, dem er gehört, heißt Mappel. Karl Mappel.« Wir versprachen es ihm.

Wieder in Wien, riefen wir den »Verband der Schausteller« an. Karl Mappel war zur Zeit mit seinem Pferd in Wieselburg beim Volksfest. Wir fuhren sofort hinaus. Das Terrain war voll mit Buden, Schaukeln, Karussellen etc. Wir streiften alles ab – endlich sahen wir ein Pferd, das vor einen kleinen Wagen gespannt war. War das Jussuf? In einiger Entfernung von ihm stand ein Mann und rief im Ausruferton: »Aufsteigen, einsteigen! Die Reise geht los! Jede Fahrt pro Kind drei Schilling – jeder Ritt fünf Schilling! Aufsteigen, einsteigen, bitte!« Und wieder und wieder: »Aufsteigen, einsteigen! Die Reise geht los! Jede Fahrt pro Kind drei Schilling – jeder Ritt fünf Schilling! Aufsteigen, einsteigen, bitte!« Und wieder und wieder.

Wir traten näher. Das Pferd sah uns, spitzte die Ohren, warf den Kopf hoch und stieß ein Freudengewieher aus. Es war Jussuf! Er hatte uns erkannt! Wir gingen auf ihn zu. Jussuf hatte sich verändert. Seine Rippen waren zu zählen – seine Augen waren müd und alt geworden. Auf seinem Rücken turnten ein paar Kinder, andere hüpften in dem Wagen herum, wieder andere zerrten an dem Gefährt, so daß es dauernd an Jussufs Hinterbeine stieß, wo sich auch zwei verkrustete Stellen zeigten.

»Jussuf!« sagte meine Frau zärtlich. »Wie geht's dir denn?«

»Ich kann nicht klagen«, meinte Jussuf, wenn auch nicht sehr überzeugend. »Natürlich – Applaus und Manege fehlen mir – aber was soll das? Ich habe mein Essen, ich bekomme jeden Morgen ein paar harte Semmeln – ein Sack Hafer wäre mir lieber – aber ich leide keinen Hunger. Anschließend ziehe ich einen Pflug, mein Herr hat einen kleinen Acker – dann werde ich vor einen Möbwagen gespannt, wir machen auch Übersiedlungen – dann ziehe ich den Zirkuswagen von einem Volksfest zum andern, dort reiten die Kinder auf mir herum – ich liebe Kinder, aber sie sind so unruhig – in der Nacht ziehe ich den Wagen nach Hause, dort bekomme ich wieder ein paar harte Semmeln – dann schlafe ich drei bis vier Stunden auf einem dünnen Strohhaufen – schlafe – und träume. Von meiner Jugend, und von den Erfolgen, die ich mit meinen Geschwistern hatte.«

»Wir werden dir jeden Tag einen Sack Hafer schicken«, versprach ich.

»Jede Woche würde genügen«, meinte Jussuf bescheiden. »Jeden Tag Hafer – das würde mein Magen gar nicht mehr vertragen.«

»Ich verstehe das alles nicht«, sagte meine Frau. »Man könnte dich doch ganz anders verwenden. Weiß denn dein Herr nicht, daß du sprechen kannst?«

»Nein!« rief Jussuf erschrocken aus. »Sagt es ihm bloß,

um Gotteswillen nicht! Wenn der wüßte, daß ich sprechen kann, müßte ich auch noch den Ausrufer machen!«
Jussufs Besitzer kam näher. »Los, Jussuf!« befahl er. Jussuf setzte sich mit dem Wagen in Bewegung. »Vergeßt den Hafer nicht!« raunte er uns zum Abschied noch zu.
Wir wollten Jussuf kaufen, aber Herr Mappel gab ihn nicht her. So schickten wir ihm, wie wir es vereinbart hatten, jede Woche einen Sack Hafer. Bis der Hafer eines Tages zurückkam, mit dem Vermerk: »Adressat eingegangen.«

Wir pflanzten Jussuf zum Gedenken in unserem Garten eine Linde. Und immer, wenn der Wind durch ihre Zweige fährt, sagen wir: »Jussuf spricht . . .«

PST!

Wenn man auseinandergeht, merkt man erst, daß man zusammengehört. Das gilt ebenso für ein abgebrochenes Stuhlbein wie für zwei sich liebende Menschen.
Der Beweis? Die nachfolgende Skizze:

Abschied

Ich stand auf dem Bahnsteig des Wiener Westbahnhofs und wartete auf den Zug nach München. Ich war ein bißchen früh dran.
Um mich herum das gewohnte Bild. Züge kamen an, Züge fuhren ab, Menschen stiegen aus, Menschen stiegen ein, einige wurden erwartet, umarmt und geküßt, andere wurden verabschiedet, umarmt und geküßt, cholerische Passagiere fluchten auf die Träger, die das Gepäck noch nicht gebracht hatten – und dann, im letzten Moment: Auftritt der Gepäckträger! Ich bewundere sie immer wieder. Wie große Stars erscheinen sie auf ihren Wagen, hieven die Koffer durch die Waggonfenster, haben gerade noch Zeit, das Trinkgeld entgegenzunehmen – und ab geht es. Leider sind sie im Aussterben. So wie die großen Stars. »Kein Nachwuchs«, sagte mir einmal einer von ihnen. Ich kann es verstehen. Ich kann mir nicht denken, daß ein Kind, wenn es gefragt wird, was es einmal werden wolle, antworten wird: »Gepäckträger.«
Ich sah auf die Uhr. Ich hatte noch eine Viertelstunde Zeit. Dicht neben mir standen eine Dame und ein Herr, anscheinend ein Ehepaar.
»Gib acht auf dich«, sagte sie.
»Mach dir keine Sorgen«, sagte er. Ich hatte richtig geraten. Ein Ehepaar. Ob *er* verreist oder *sie?*
»Küß die Kinder noch einmal von mir«, sagte er.
»Ja, Arnold«, sagte sie. *Er* war es also, der verreiste.
»Nimm den Schal, wenn es kalt wird«, trug sie ihm auf.
»Ich möchte nicht, daß du wieder die Grippe bekommst wie im vorigen Jahr.«
»Ich werde schon aufpassen.«
»Und trink nicht zuviel. Du weißt, deine Leber.«
»Ich werde nicht trinken.«

»Und iß kein Schweinefleisch, du verträgst es nicht.«
»Ich werde nur Kalb- und Rindfleisch essen.«
»Wirst du ausgehen?«
»Es wird sich nicht vermeiden lassen. Schließlich habe ich Geschäftsfreunde, die mich einladen und die dann wieder ich einladen muß.«
»Wann rufst du mich an?«
»Morgen früh.«
»Wenn du wiederkommst, vergiß nicht auf Bubi. Er freut sich immer so, wenn du ihm etwas mitbringst.«
»Ich habe ihm noch jedesmal etwas mitgebracht.«
»Aber bitte, keine Trompete«, lächelte sie. »Sonst kriegen wir wieder Ärger mit den Nachbarn.«
»Ich werde ihm eine Trommel bringen«, lächelte Arnold.
»Du bis unmöglich«, scherzte sie. Es schien eine gute Ehe zu sein. »Eva, das weißt du ja, wünscht sich eine Puppe. Eine, die man immer anders anziehen kann.«
»Ich werde dran denken. Und du? Hast du keinen Wunsch?«
»Nur, daß du keine Dummheiten machst.«
»Wofür hältst du mich?«
Der Zug fuhr ein.
»Könntest du mir noch etwas Geld geben?« fragte sie plötzlich. »Bubi braucht neue Schuhe und Eva eine Schultasche.«
»Wieviel willst du?«
»Zweitausend.« Er gab ihr zwei Noten à tausend Schilling.
»Leb wohl!« sagte er und küßte sie hastig auf die Wange.
»Leb wohl!« sagte sie. »Und jetzt geh – mein Mann steigt bereits aus!«

Arnold verschwand, der Gatte kam auf sie zu, sie küßten sich. Sie dachte dabei an den Mann, dem sie eben »Leb wohl« – und er an die Frau, der er vor ein paar Stunden »Auf Wiedersehen!« gesagt hatte.

Das Joch der Ehe ist manchmal so schwer, daß man es nur zu viert tragen kann.

Hunderttausend Vorschriften mußten auf der ganzen Welt erlassen werden, um die Einhaltung der zehn Gebote zu garantieren. Und es ist leichter, Vorschriften zu erlassen, als sie zu befolgen. Erst wenn man sie befolgen will, sieht man, wie schwierig es ist. Ein Beispiel: Man würde es nicht glauben, aber

Es ist schwer, ein braver Staatsbürger zu sein

(Die Szene spielt in einem kleinen Wiener Kaffeehaus. Vielleicht erinnern Sie sich an den Kellner *JOSEF* sowie an einige der Gäste. Wir sind ja nicht zum erstenmal da. Herr *ROTT*, auch ein alter Bekannter, sitzt an einem Tisch, hat »zwei Eier im Glas« vor sich stehen und ruft ungehalten.)

Rott: Josef! Josef!

Josef: (kommt) Sie wünschen, Herr Rott?

Rott: Ist der Streik der Kaffeehausbediensteten schon zu Ende?

Josef: Es war doch gar kein Streik der Kaffeehausbediensteten ...

Rott: Warum sind Sie dann nicht gekommen, wie ich Sie gerufen habe?

Josef: Ich hab Sie nicht gehört. Wollten Sie was von mir?

Rott: Ja. Sie sind doch ein alter Kreuzworträtsellöser. Wann ist der Urvogel Archeopteryx ausgestorben?

Josef: Das weiß ich jetzt nicht so genau, aber ein paar Millionen Jahre müssen es sein. Warum wollen Sie's denn wissen?

Rott: Weil Sie mir zwei von seinen Eiern gebracht haben.

Josef: Sind sie nicht frisch?

Rott: Frisch? Die haben einen Hautgout, als wenn man sie in einer Schwefelquelle gekocht hätte.

Josef: Ich trag sie zurück. Ich hab Ihnen aber gleich gesagt, nehmen Sie drei. Bei drei Eiern hat man bei uns immer noch die Chance, daß eines davon frisch ist.

Jorisch: (tritt ein, er ist sehr gut gelaunt) Halali!

Rott: Guten Morgen, Herr Jorisch! Setzen Sie sich zu mir! (Jorisch setzt sich)

Josef: Was darf ich bringen, Herr Jorisch?

Jorisch: Haben Sie kalten Kaffee?

Josef: Selbstverständlich, Herr Jorisch.

Jorisch: Dann machen Sie ihn warm – kalt trink ich ihn nicht.

Josef: (geht kopfschüttelnd ab)

Rott: Wie geht es Ihnen, Herr Jorisch?

Jorisch: Wunderbar! Heute war ich zum letztenmal im Büro – ab morgen bin ich in Pension!

Rott: Gratuliere!

Jorisch: Danke! Ich kann es mir noch gar nicht vorstellen! In der Sonne sitzen! Keine Arbeit! Keinen Bolbitzer!

Rott: Wer ist Bolbitzer?

Jorisch: Mein Chef. Sie wissen doch, daß ich einmal mit einer Arthritis im Spital gelegen bin. Wissen Sie, was er mir damals gesagt hat? »Machen Sie sich keine Sorgen. Wir werden, solange Sie krank sind, Ihre Arbeit im Büro aufteilen – bis wir draufgekommen sind, was Sie eigentlich gemacht haben.« Dabei hat er sich ein anderes Mal geäußert, daß ich sein bestes Pferd im Stall bin.

Rott: Wahrscheinlich haben Sie den größten Mist gemacht. Auf alle Fälle wünsche ich Ihnen alles Gute zum Ruhestand! Was haben Sie vor?

Jorisch: Alles mögliche. Nur leider – ich bin kein Millionär.

Rott: Seien Sie froh. Wissen Sie, was so ein Millionär für Sorgen hat?

Jorisch: Wissen Sie, was *ich* für Sorgen habe?

Rott: Nicht so große wie ein Millionär. *Da* fallen die Aktien, *dort* wird das Geld abgewertet, da wird er enteignet, dort muß er Steuern zahlen . . .

Jorisch: Sie haben recht, daran habe ich nicht gedacht. Trotzdem möchte ich ein Millionär sein.

Rott: Wie wer zum Beispiel?

Jorisch: Sagen wir – wie der Jimmy Carter.

Rott: Den halten Sie für einen Millionär?

Jorisch: Na hören Sie? Die vielen Erdnüsse ...

Rott: Essen Sie Erdnüsse?

Jorisch: Nein ...

Rott: Ich auch nicht. So groß scheint also das Geschäft nicht zu sein. Einen Millionär muß man immer mit einem andern vergleichen. Es gibt Millionäre, die *eine* Million besitzen, es gibt aber auch Millionäre, die *hundert* Millionen besitzen.

Jorisch: Sie haben recht, daran habe ich nicht gedacht.

Rott: Nehmen Sie den Carter und vergleichen Sie ihn mit dem Rockefeller. Wenn der Carter Japan sehen will, muß er hinfliegen, wenn der Rockefeller Japan sehen will, läßt er es kommen.

Jorisch: So reich ist der Rockefeller?

Rott: Noch reicher.

Jorisch: Soll er. Ich bin in Pension, das ist mir mehr wert als alles Geld der Welt! (Es läßt ihn nicht los) Glauben Sie, daß der Rockefeller ehrlich fatiert?

Rott: Das muß er. Der Mann hat mindestens hundert Steuerberater, die er nicht alle bestechen kann. Außerdem war er Gouverneur und Vizepräsident – ein solcher Mann muß ein braver Staatsbürger sein.

Jorisch: Sie haben recht, daran habe ich nicht gedacht. Ein Millionär hat es natürlich leicht, ein – wie Sie sagen – braver Staatsbürger zu sein, aber ich?

Rott: Sind Sie denn einer?

Jorisch: Ich bemühe mich.

Rott: Ich werde Sie gleich testen (*Josef* kommt)

Josef: Da sind die Eier – da ist der Kaffee.

Jorisch: Ab morgen bin ich in Pension – das möchte ich feiern! Haben Sie etwas dazu?

Josef: Einen Marmorkuchen. So einen, wie Sie zu Ihrem Geburtstag gegessen haben?

Jorisch: Das war Marmor? Das hätte ich für Granit gehalten. Haben Sie einen Kirschkuchen?

Josef: Ja.

Jorisch: Mit Kirschen?

Josef: Was denn? Mit Bohnen?

Jorisch: Dann bringen Sie mir einen, aber gut gefüllt.

Josef: Ist recht. (er geht)

Rott: Sie behaupten also, ein braver Staatsbürger zu sein. Das ist gar nicht so leicht wie Sie glauben. Was essen Sie zum Beispiel so den ganzen Tag?

Jorisch: Sehr wenig. In der Früh eine Tasse Kaffee mit einem Butterbrot, mittags ein Stück Fleisch und abends Wurst oder Käse.

Rott: Und da halten Sie sich für einen braven Staatsbürger? Wo ist da der Nutzen des Staates?

Jorisch: Wo ist er?

Rott: Das frage ich doch Sie! Als braver Staatsbürger müssen Sie Hummer essen, Kaviar, feinste französische Pasteten, müssen Whisky und Champagner trinken – und nur die teuersten Marken. Auf den ausgefallenen Leckerbissen liegen doch hohe Steuern, die alle dem Staat zugute kommen. Sie müssen schlemmen!

Jorisch: Da haben Sie recht, daran habe ich nicht gedacht.

Rott: Was müssen Sie also?

Jorisch: Schlemmen. Ab morgen bin ich in Pension, Geld habe ich mir erspart, ich kann es mir leisten.

Rott: Sind Sie aber die Schlemmerei auch gewohnt? Sie sind sie *nicht* gewohnt! Sie werden krank werden und zur Verstärkung der Spitalsmisere beitragen.

Jorisch: Schrecklich! Sie haben recht, daran habe ich nicht gedacht.

Rott: Sie müssen also Diät halten.

Jorisch: Da bin ich aber kein braver Staatsbürger ...

Rott: Doch. Es gibt ja noch andere Mittel, um den Staat zu unterstützen. Rauchen Sie?

Jorisch: Fünf Zigaretten pro Tag.

Rott: Das ist zuwenig. Sie müssen achtzig rauchen.

Jorisch: Warum?

Rott: Weil der Staat die Tabaksteuer bekommt und damit den Spitälern hilft.

Jorisch: Ich werde achtzig rauchen.

Rott: Und werden es nicht aushalten. So wie Sie mit Ihrem alten Magen nicht mehr schlemmen können, können Sie mit Ihrer alten Lunge nicht mehr rauchen.

Jorisch: (hat viel von seiner guten Laune verloren) Ich habe einen alten Magen und eine alte Lunge?

Rott: Alles was Sie haben ist alt, sonst hätte Sie der Staat ja nicht in Pension geschickt.

Jorisch: Sie haben recht, daran habe ich nicht gedacht. Es heißt aber doch immer, daß man als Senior noch vieles leisten kann – da kann ich doch auch noch ein braver Staatsbürger sein.

Rott: Natürlich können Sie. Es frägt sich nur auf welche Weise. Was für einen Wagen fahren Sie?

Jorisch: Einen VW.

Rott: Sie müssen umsteigen. Sie müssen einen Wagen fahren, der viel Benzin verbraucht. Auf Benzin liegen ebenso hohe Steuern wie auf Schlemmereien und Tabakwaren.

Jorisch: Sie haben recht, daran habe ich nicht gedacht. Ab morgen bin ich in Pension – ab morgen fahre ich einen Wagen, der viel Benzin verbraucht.

Rott: Und werden die Umwelt verschmutzen und die Luft verpesten! Das sieht Ihnen ähnlich! Als braver Staatsbürger wäre es Ihre Pflicht, die allgemeinen Verkehrsmittel zu benützen, damit diese von ihren hohen Defiziten herunterkommen.

Jorisch: Sie haben recht, daran habe ich nicht gedacht. Ab morgen bin ich in Pension – da habe ich Zeit – da werde ich die allgemeinen Verkehrsmittel benützen.

Rott: So! Und an Ihre Mitmenschen denken Sie nicht? An die Reifenmacher, an die Tankstellenwärter, an die Automechaniker? Wovon sollen sie leben, wenn es alle Leute machen wie Sie und die allgemeinen Verkehrsmittel benützen?

Jorisch: Sie haben recht, daran habe ich nicht gedacht. Ich werde sie nicht benützen.

Rott: Haben Sie Kinder?

Jorisch: Zwei.

Rott: Als braver Staatsbürger dürften Sie nicht einmal eines haben. Denken Sie, was Sie dem Staat an Kinderbeihilfen, Lohnsteuerermäßigungen, Gratisschulbüchern, Gratisfahrten, eventuellen Stipendien usw. alles erspart hätten!

Jorisch: Sie haben recht, daran habe ich nicht gedacht. Sollte ich noch einmal zur Welt kommen, werde ich keine Kinder haben.

Rott: Da sieht man, wie wankelmütig Sie sind. Wenn alle so dächten wie Sie, wo sollte dann der Nachwuchs herkommen? Wollen Sie denn den Staat aussterben lassen?

Jorisch: Sie haben recht, daran habe ich nicht gedacht.

Rott: Haben Sie ein Haus?

Jorisch: Ich habe einen Bausparvertrag und bin im Begriff, mir ein bescheidenes Häuschen zu bauen.

Rott: Und schaden wieder dem Staat! Der muß Ihnen doch gewisse Steuerabschreibungen geben.

Jorisch: Sie haben recht, daran habe ich nicht gedacht. Ich werde eine Gemeindewohnung anfordern.

Rott: Als braver Staatsbürger? Wissen Sie denn nicht, daß zum Bau solcher Wohnungen öffentliche Gelder zugeschossen werden?

Jorisch: (ist bereits ziemlich unglücklich) Sie haben recht, aber was soll ich tun? Soll ich als Pensionist vagabundieren?

Rott: Das wäre ganz schlecht. Da würden Sie eingesperrt werden und dem Staat zur Last fallen. Interessieren Sie sich für Kultur?

Jorisch: Sehr.

Rott: Das ist lobenswert. Jeder brave Staatsbürger sollte sich für Kultur interessieren. Wofür haben Sie besondere Vorliebe?

Jorisch: Für die Oper.

Rott: (wütend) Für die Oper!?

Jorisch: Ja. Ab morgen bin ich in Pension – da werde ich jede Woche in die Oper gehen.

Rott: Herr Jorisch! Wissen Sie, was Sie da tun?

Jorisch: Wieso? Sie haben doch eben gesagt, daß sich der brave Staatsbürger für Kultur interessieren soll?

Rott: Einerseits. Andererseits sollte er für die Schließung aller Staatstheater eintreten, um dem Staat die Millionen an Subventionen zu ersparen.

Jorisch: Sie haben recht, daran habe ich nicht gedacht. Ich werde nur noch ins Kino gehen.

Rott: Was halten Sie vom Bundesheer?

Jorisch: Ich finde, daß wir es brauchen. Jeder Staat benötigt eine Landesverteidigung. Das sagt auch unsere Regierung.

Rott: Einerseits. Andererseits – finden Sie nicht, daß wir dadurch in den Verruf kommen könnten, eine militante Nation zu sein?

Jorisch: Sie haben recht, daran habe ich nicht gedacht. Also kein Bundesheer.

Rott: Ach so? Und wer soll uns schützen, wenn wir vielleicht eines Tages von Tausenden Panzern invadiert werden?

Jorisch: Da brauchen Sie keine Angst zu haben. Für so viele Panzer hätten wir gar keine Parkplätze.

Rott: Wenn Sie so lang wären wie Sie dumm sind, müßten Sie sich bücken, wenn Sie sich am Kopf kratzen wollen. Sind Sie bei einer Partei?

Jorisch: Ja.

Rott: Bei was für einer?

Jorisch Bei der falschen. Ich habe mich nie darum gekümmert, aber ab morgen bin ich in Pension, da werde ich zu allen Versammlungen gehen.

Rott: Sie werden zu keiner Versammlung gehen, weil Sie gar keiner Partei angehören sollten.

Jorisch: Als braver Staatsbürger? Ich habe gelesen, jeder gute Demokrat sollte Mitglied einer Partei sein.

Rott: Einerseits. Andererseits – das habe *ich* wieder gelesen – sollte er nicht zu ideologisch gebunden sein, um die Lebendigkeit der Demokratie nicht zu gefährden.

Jorisch: (bereits etwas gereizt) Bei Ihnen kennt man sich nicht aus! Einmal sagen Sie »einerseits«, das andere Mal wieder »andererseits« . . .

Rott: Ich habe Ihnen ja gesagt, daß es schwer ist, ein braver Staatsbürger zu sein! Einerseits sollte er seinen Horizont erweitern, andererseits sollte er nicht ins Ausland reisen, damit sein Geld im Lande bleibt! Einerseits sollte er sich eines hohen Lebensstandards erfreuen, andererseits sollte er nur inländische Waren kaufen, damit die heimische Wirtschaft daran verdient! Einerseits sollte er kein Alkoholiker sein, um sich gesund zu erhalten, andererseits sollte er jeden Abend beim Heurigen sitzen, um den Weinkonsum zu heben! Einerseits ist der Staat bemüht, die Lebenserwartung zu erhöhen, andererseits sollte der brave Staatsbürger kein allzu hohes Alter erreichen – –

Jorisch: Warum nicht?

Rott: Um dem Staat die Pensionen zu ersparen.

Jorisch: (springt erregt auf) Jetzt habe ich genug! Jetzt weiß ich alles! Sie neiden mir meine Pension! Da haben Sie! Einerseits – andererseits! (Er gibt ihm zwei Ohrfeigen – eine rechts, eine links – und verläßt das Lokal)

Es ist wirklich schwer, ein braver Staatsbürger zu sein.

Wir alle waren einmal Babys. Auch ich – und ich soll reizend gewesen sein. Die Augen, so erzählte man mir, hatte ich vom Vater, das Näschen von der Mutter – und die Stimme von einer Autohupe. Trotzdem liebte man mich. Babys liebt man immer. Ich z. B. habe alle Babys gern und am liebsten habe ich sie, wenn sie schreien, weil man sie dann aus dem Zimmer trägt. Eines Tages, es ist noch nicht lange her, lernte ich zwei Babys kennen, und ich muß sagen – es waren

Zwei süße Babys!

Ich ging durch den Park. Die Sonne schien und die Vöglein sangen und die auf den Bänken sitzenden jungen Mütter schoben ihre Kinderwagen hin und her.
»Gestatten?« fragte ich und setzte mich neben eine jener kinderwagenschiebenden Damen. Sie saß rechts von mir. Ich warf einen Blick auf das Baby – bezaubernd! Nach dem blauen Häubchen und Jäckchen zu schließen, ein Junge.
»Eideidei!« lachte der Kleine mich an.
Ich lachte zurück. »Jawoiserdenn?« fragte ich. Es ist die blödeste Frage, die ein Erwachsener einem Kind stellen kann, aber was sonst sollte man fragen? Wie geht es Ihnen? Was macht das Geschäft?
»Eideidei!« lachte das Baby wieder. Die Mutter lächelte mich an, ich lächelte zurück.
»Gestatten?« Eine andere junge Mutter setzte sich links neben mich. Auch sie hatte einen Kinderwagen, den sie hin und her schob, und auch sie hatte einen Jungen.
»Adawa!« jauchzte er dem andern zu.
»Eideidei!« antwortete dieser.
»Ijuiii!« jubelte der zweite.
Ob sie wohl einander verstehen, fragte ich mich. Ob es so etwas wie eine Babysprache gibt? Und plötzlich, ich weiß nicht wie es kam, verstand ich sie – die Babysprache.
»Wie heißt du?« fragte der Zuletztgekommene.
»Bubi. Und du?«
»Maxi.«
»Wir haben noch nie nebeneinander geparkt, aber ich sehe dich jeden Tag. Wo warst du denn gestern?«
»Gestern habe ich mich nicht wohl gefühlt. Ich habe, während meine Mama geschlafen hat, die Farben abgeleckt.«

»Von deinen Spielsachen?«
»Von meiner Mama.«
Bubi sah Maxi bewundernd an. »Du bist ein schlimmes Kind, nicht wahr?«
»Ja. Und du?«
»Ich nicht. Von mir sagen alle, daß ich brav bin.«
Maxi wunderte sich. »Hast du noch nie deine Gummipuppe aus dem Wagen geworfen?« erkundigte er sich.
»Noch nie.«
»Hast du keine Lust dazu?«
»Lust hätte ich schon, aber ich trau mich nicht.«
»Probier es doch!« ermunterte ihn Maxi.
Bubi zögerte, dann warf er die Puppe aus dem Wagen.
»Aber Bubi!« sagte seine Mama mit leisem Vorwurf in der Stimme. »Das hast du doch noch nie getan!« Sie hob die Puppe vom Boden auf und gab sie Bubi zurück.
»Jetzt ich!« sagte Maxi und warf seine Puppe hinaus.
»Fängst du schon wieder an, du Fratz, du elender?« zischte seine Mutter ihn an, hob die Puppe auf und gab sie ihm wieder.
»Jetzt beide!« lachte Maxi diabolisch. »Los!« Beide Gummipuppen flogen durch die Luft.
»Was soll denn das, Bubi?« fragte Bubis Mama ärgerlich und wandte sich über mich hinweg an meine Nachbarin zur Linken: »Daran ist Ihrer schuld!«
»Sie können sich ja woanders hinsetzen!« sagte diese.
»Ich kann sitzen, wo ich will!« sagte die erste.
»Ich auch!« sagte die zweite. Beide drehten mir ihre Rücken zu.
»Ist das nicht lustig«, fragte Maxi und lachte.
Bubi war begeistert. »Sehr lustig!« sagte er.
»Wer ist denn dein Vater?« erkundigte sich Maxi.
»Generaldirektor Felber, Textil. Und deiner?«

»Einer von der Blutgruppe B«, sagte Maxi und setzte unvermittelt hinzu: »Ich habe einen Onkel.«
»Ich auch«, meinte Bubi.
»Aber meiner hat einen Bauch«, renommierte Maxi.
»Und meiner hat eine Brille!« entgegnete Bubi.
»*Mein* Onkel hat einen Goldzahn!« trumpfte Maxi auf.
Bubi ließ sich nicht kleinkriegen. »Meiner hat so viele Goldzähne, daß er mit dem Kopf in einem Safe schlafen muß!« sagte er.
In diesem Augenblick erschien ein junger Mann. Er sah Maxis Mutter und rief freudig überrascht: »Fräulein Grete!«
Fräulein? wunderte ich mich. So ist das?
»Herr Heinz«, sagte Fräulein Grete, ebenfalls erfreut. »Wir haben uns lange nicht gesehen!«
»Zwei Jahre«, meinte Heinz und betrachtete sie verliebt. »Darf ich?« Er setzte sich zu uns. Wir rückten zusammen.
Er erblickte das Baby.
»Was haben Sie da für ein süßes Putzi?« fragte er.
»Putzi!« sagte Maxi ärgerlich zu Bubi. »Alles kann ich leiden, nur nicht, wenn einer ›Putzi‹ zu mir sagt!« Heinz begann zu dalken. »Dudududu!« machte er und tupfte mit dem Finger auf Maxis Nase. »Bist du ein Bubi oder ein Mädi?«
»Eiwawa!« rief Maxi.
»Ein Bubi, sagt er«, übersetzte seine Mutter lächelnd.
Heinz inquirierte weiter. »Und wie heißt du?«
»Ullawulla!« machte Maxi, und seine Mutter verdolmetschte: »Maxi, sagt er.« Ich hatte genau gehört, daß er »Kropatschek« gesagt hatte.
Heinz ließ nicht locker. »Was willst du denn werden, wenn du groß bist?«

Maxi jauchzte. »Ullawulla dadada!«
»Das habe jetzt nicht einmal ich verstanden«, gab seine Mutter zu. Ich schon. Maxi hatte deutlich gesagt: »Toilettenfrau!«
»Warum gibst du so dumme Antworten?« fragte ihn Bubi.
»Weil er so blöde Fragen stellt«, meinte Maxi. Er streckte Heinz die Zunge entgegen. »Bäääh!«
»Zeig dem Onkel nicht die Zunge!« fauchte Grete.
Maxi lachte. »Ich hab geglaubt, es ist der Doktor!« sagte er zu Bubi. Die beiden Babys unterhielten sich königlich.
Heinz zeigte auf Bubi. »Der andere Knirps ist aber auch niedlich!«
Bubi amüsierte sich wie noch nie. »›Knirps‹ sagte er zu dem Sohn eines Generaldirektors!«
Heinz hielt ihm seine Taschenuhr vors Gesicht und ließ sie an der Kette baumeln. »Guckguck!« dalkte er wieder. »Uhrli, Uhrli!« Bubi schrie vor Vergnügen. »Uhrli!« rief er Maxi zu. »Eine Schweizer Markenuhr!«
»Hörst du?« fragte Heinz und hielt ihm die Uhr näher ans Ohr. »Sie macht tick-tack!«
Bubi schüttelte sich vor Lachen. »Was denn soll sie? Jodeln?« fragte er Maxi.
»Süß!« Heinz wandte sich wieder Maxi zu. »Wer ist denn dein Papi?« erkundigte er sich.
»Atschibatschi!« lallte Maxi, was soviel hieß wie: »Wir wissen es noch nicht, aber die Mutti hat schon einen Verdacht!«
»Das Kind gehört meiner Schwester!« sagte Grete schnell.
»Wenn ich denke, wie lange wir schon nicht so nebeneinander gesessen haben . . .« flüsterte Heinz ihr zu.

»Schon sehr lange«, nickte sie. »Aber ich habe oft an Sie gedacht...«
»Ich auch«, gestand Heinz und setzte hinzu: »Wenn Sie noch dieselben Gefühle hätten wie damals...«
»Weinen wir!« sagte Maxi leise zu Bubi. Beide schrien und zerrissen die romantische Stimmung.
Heinz sprang besorgt auf. »Das Baby!«
»Wahrscheinlich ist es wieder naß!« jammerte Grete verzweifelt. »Es ist *immer* naß!«
Heinz wandte sich wieder Maxi zu. »Ist das wahr?« fragte er teilnahmsvoll. »Warum denn?«
»Olliballiball!« antwortete Maxi. Das hieß: »Was weiß denn ich? Vielleicht habe ich einen Rohrbruch!« Die beiden Babys strampelten vor Lust.
»Mein Papa«, sagte Bubi vergnügt zu Maxi, »hat gestern gesagt, ich bin wie das Meer!«
»So stürmisch?« fragte Maxi.
»Nein«, erwiderte Bubi und prustete lachend heraus: »Er hat gesagt, wo man mich anfaßt, bin ich naß!« Die beiden quietschten vor Wonne.
»Ich werde das Kind ein wenig zerstreuen«, schlug Heinz vor. »Da schau – Eisibahn!« Er machte einen D-Zug nach. »Tsch tsch tsch tsch tsch tsch tsch!«
Maxi schüttelte den Kopf. »Ein kindischer Mensch!«
»Lassen Sie doch das Kind!« flötete Grete.
»Lassen Sie das Kind!« imitierte Maxi sie verärgert. »Aber die staatliche Kinderbeihilfe einstecken – das paßt ihr!«
»Sie wollten mir doch etwas sagen...« begann Grete wieder.
»Ich wollte sagen«, stammelte Heinz, »daß ich oft an Sie gedacht habe... und wenn Sie noch dieselben Gefühle hätten wie damals...«

»Weinen!« kommandierte Maxi. »Aaahhh!« heulten die beiden.
Heinz sprang nervös auf. »Sie schreien schon wieder!«
»Was hast du denn?« wunderte sich nun auch Bubis Mama.
»Ich werde die beiden beruhigen«, meinte Heinz und zeigte auf die Straße. »Seht dorthin! Ein Töfftöff-Wagi!«
»Töfftöff-Wagi!« wiederholte Bubi belustigt. »Ein Maserati-Mexico um 435 000 Schilling!«
»Setzen Sie sich doch wieder zu mir, Heinz!« hauchte Grete verführerisch.
Heinz war glücklich. Er setzte sich, wobei er mich so fest an Bubis Mama drückte, daß sie fast von der Bank gefallen wäre, was mir einen höchst unfreundlichen Blick von ihr eintrug. »Wovon haben wir gesprochen?« fragte Heinz. »Ich weiß es schon. Ich sagte, ich habe oft an Sie gedacht, und wenn Sie noch dieselben Gefühle hätten wie damals . . .«
Maxi machte ein Zeichen mit der Hand, ungefähr wie Karajan, wenn er den Einsatz für die Bläser gibt. »Aaaaahhhh!« brüllten die beiden Babys. Heinz wurde langsam wütend. »Diese Kinder!« rief er.
Das war zuviel für Bubis Mama. »Das ist nur dieser Bengel!« mischte sie sich ein. »Mein Bubi ist brav! Ich werde es Ihnen beweisen!« Sie wandte sich an Bubi: »Ich lese das Märchen weiter, das wir gestern begonnen haben.« Sie schlug ein Buch auf und las: »Dornröschen . . .«
»Im Atomzeitalter!« sagte Bubi zu Maxi. »So dumm macht man uns Kinder!«
»Sehr richtig!« pflichtete Maxi ihm bei. »Statt daß sie uns die ›Josefine Mutzenbacher‹ vorlesen würden . . .«
Bubis Mama setzte fort: »Dornröschen stach sich an der

bösen Spindel, es fiel in einen tiefen Schlaf und der ganze Hofstaat mit ihm. Der Koch hörte auf zu kochen, der Bäcker zu backen – und alle Räder standen still!«
»Generalstreik!« meinte Maxi und begann wieder zu brüllen. Heinz hielt sich die Ohren zu. »Ich kann nicht mehr!« stöhnte er. »Warum kümmern Sie sich um das Kind Ihrer Schwester, wenn es so ungezogen ist!«
Nun verlor auch Grete die Nerven. »Ich muß mich kümmern«, schluchzte sie. »Es gehört mir!«
Heinz wurde blaß. »So ist das also?« tobte er. »Ich hatte es gleich geahnt! Ich wollte es bloß nicht wahrhaben! Da hast du!« Er gab Maxi eine Ohrfeige und ging. Bubi lachte, Maxi weinte. »Sei still!« schrie Grete ihren Sprößling an. »Du hast mir noch keine Freude gemacht, seit du auf der Welt bist!«
»Wawawa!« machte Maxi, was soviel heißt wie: »Seit ich auf der Welt bin vielleicht nicht!«, worauf beide Babys hinzusetzten: »Odada!«, was soviel heißt wie: »Aber vorher!«

Seither frage ich kein Baby mehr: »Jawoisesdenn?« Es könnte antworten: »Deileilei!« – was soviel heißt wie »alter Depp!«.

Kapital trägt Zinsen. Wohltun ebenfalls – aber die Zinsen des Kapitals sind sicherer.

Der Wohltäter

Schmiedl war ein Wohltäter. Dem Heim für alte Damen wollte er seine Schwiegermutter spenden, dem Heim für Trinker seinen Schwager. Beides wurde abgelehnt. Für unterentwickelte Länder hatte Schmiedl nichts übrig, und überentwickelten Mädchen gab er direkt. Schmiedl war ein Wohltäter.

Schmiedl war ein Wohltäter. Er wurde zu einem Caritas-Bazar geladen. Zugunsten verarmter Steuerzahler. Er sah zwei Vasen. »Was kosten die beiden?« fragte er.

»Hundert Schilling.«

»Und eine?«

»Sechzig Schilling.«

»Dann nehme ich die andere.« Schmiedl war ein Wohltäter.

Schmiedl war ein Wohltäter. Er konnte nicht sehen wie andere hungern. Er machte die Augen zu. Für Almosenheischende hatte er immer etwas übrig. Meist war es ein gutes Wort. Und als ihm ein solcher einmal sagte: »Ich habe seit drei Tagen nichts gegessen«, antwortete Schmiedl: »Das ist nicht gesund, Sie müssen sich zwingen.« Schmiedl war ein Wohltäter.

Eines Tages wurde er krank. Sein Arzt wußte nicht, was ihm fehlte, also wurde ein aus drei Ärzten bestehendes Konsilium einberufen. Jetzt wußten *drei* Ärzte nicht, was ihm fehlte. Man entschloß sich zu einem chirurgischen Eingriff. Schmiedl wurde operiert, und die Operation wurde gerade noch zur rechten Zeit vorgenommen. 24 Stunden später, und Schmiedl wäre gesund geworden.

Schmiedls Seele flatterte zum Himmel.

»Schmiedl!« hörte er jemand rufen. Es war Leibowitz, mit dem er täglich im Kaffeehaus Karten gespielt hatte. Vor einigen Jahren wurde Leibowitz, vor Beginn der Partie, vom Schlag getroffen. Tot.

»Kann Ihnen leid tun, daß Sie damals gestorben sind«, sagte Schmiedl jetzt. »Ich habe mir Ihr Blatt angesehen – Sie hätten gewonnen.« Dann fragte er: »Ist das hier der Himmel?«

»Nein«, entgegnete Leibowitz. »Hier sind bloß die Zimmer der Referenten, die zu entscheiden haben, ob Sie überhaupt zugelassen werden. Kommen Sie mit mir, ich werde Ihnen zeigen, wo Sie sich zu melden haben.«

Sie gingen, und plötzlich fühlte Schmiedl, daß er ganz leicht über dem Boden schwebte. Und als er hinuntersah, merkte er, daß es gar keinen Boden gab.

»Wie lebt man hier?« fragte er.

»Wie man als Toter leben kann. Ein bißchen viel Harfe und Halleluja, aber man gewöhnt sich daran. Was macht meine Frau?«

»Die hat wieder geheiratet.«

»Wen?« fragte Leibowitz überrascht.

»Den Seidl.«

»Den Seidl?« lachte Leibowitz. »Dem gönne ich sie. Der war mir immer unsympathisch. Der wird sich wundern.«

»Warum?« fragte Schmiedl. »Sie haben doch eine gute Ehe geführt?«

»Eigentlich ja. Bis auf die paar Stunden, in denen ich zu Hause war.«

Ein Engel flog vorüber. »Hosiannah!« grüßte er.

»Hosiannah, Papanek!« antwortete Leibowitz. Und zu Schmiedl gewendet: »Kennen Sie Papanek?«

»Nicht, daß ich wüßte.«

Sie kamen zu einer breiten Wolkenstraße. »Die Fußgängerzone«, erklärte Leibowitz. »Das Paradies für jene Fußgängerseelen, deren Körper auf Erden den Tod gefunden haben, weil sie zu spät zur Seite gesprungen

sind.« Er wies nach oben. »Dort fliegt Morländer, Felle und Rauchwaren en gros. *Den* kennen Sie doch?«
»Flüchtig. Aber sagen Sie, wieso haben Papanek und Morländer Flügel und Sie nicht?«
»Weil eine momentane Knappheit an Flügeln eingetreten ist. Fehldisposition der zuständigen Abteilung. Hier herrscht doch eine Protektion – Sie werden noch staunen. Wenn einer den richtigen Schutzpatron hat, bekommt er Flügel, Position – alles. Das ist so wie unten mit dem richtigen Parteibuch. Aber ich reiße mich nicht sonderlich um Flügel. Ich werde leicht schwindlig. Auch muß man zuviel lernen, ehe man die Flugerlaubnis bekommt.«
»Flugerlaubnis?«
»Sie müssen doch den Fliegerschein machen. Haben Sie eine Ahnung, wie viele Verkehrsvorschriften es hier gibt? Einbahnwolken, Vorrangwolken, Tempolimit, Überholverbote usw. Trotzdem gibt es täglich Verkehrsunfälle. Heute sind auf der Milchstraße schon wieder zwei Engel frontal zusammengestoßen.«
»Wie sind hier die Unterhaltskosten?«
»Unterhaltskosten?« lachte Leibowitz. »Hier ist alles gratis.«
Schmiedl freute sich. Alles gratis. Also ein richtiges Paradies. Sie waren an einem langen Korridor angelangt, in dem sich eine Anzahl Türen befand.
»Hier sind die Referenten«, erklärte Leibowitz. »Lesen Sie die Türtafeln. Sie müssen selbst entscheiden, zu welcher Sparte Sie sich zählen.«
Schmiedl las, während sie weiterschwebten. »Eingang für Ärzte und andere Lieferanten«, »Für Priester«, »Für Gläubige«, »Für Fromme«, »Für Wohltäter«. »Das ist es«, sagte er. »Für Wohltäter.«

»Dann schweben Sie hinein. Wir treffen uns später im Kaffeehaus.«
Leibowitz nickte. »Ohne Kaffeehaus wäre es doch für uns beide kein Himmel. Nur eines: Beschweren Sie sich nicht über die langsame Bedienung. Hier geht alles langsam, aber nach einiger Zeit fällt Ihnen das nicht mehr auf, weil Sie selbst langsam werden.«
»Wieso werde ich langsam?« erkundigte sich Schmiedl.
»Weil Sie draufkommen werden, daß man sich nicht zu hetzen braucht. Hier hat man für alles eine Ewigkeit Zeit. Also – Hosiannah! Und machen Sie's gut!«
Schmiedl schwebte in das Wartezimmer für Wohltäter. Es war leer. Anscheinend gab es nicht viele Wohltäter auf Erden, sonst müßten einige von ihnen hier sein. Durch einen Lautsprecher ertönte – von Sphärenklängen begleitet – sein Name. Im Büro wurde er bereits erwartet. Ein alter Engel saß hinter einem Schreibtisch – ein jüngerer stand neben ihm.
»Gabriel, Erzengel«, stellte dieser sich vor. Schmiedl machte eine leichte Verneigung. »Schmiedl, Textilwaren«, sagte er.
»Setzen Sie sich«, forderte ihn der alte Engel auf, »ich muß erst Ihre Karteikarte suchen.« Schmiedl nahm Platz. Der Alte suchte und suchte – vergeblich. »Ihre Karteikarte muß verlorengegangen sein«, brummte er. »Das passiert jetzt öfter, seit wir diese verd–«, erschrocken blickte er nach dem Erzengel, dann setzte er fort, »seit wir diese verdummte Datenverarbeitung eingeführt haben. Halt!« freute er sich plötzlich. »Da ist sie!« Er las sie durch. »Hm«, machte er dann. »Da steht: Hat a) weder einen Mitmenschen unterstützt, noch b) einem Mitmenschen aus der Not geholfen, noch c) irgendwelche wohltätige Daten aufzuweisen. Haben Sie

denn gar keinen Pluspunkt, den Sie uns nennen könnten?«
»O ja!« sagte Schmiedl schnell. »Ich habe einmal einem Bettler einen Schilling und ein andermal einen Schilling fünfzig gegeben.«
Der Alte sah zu Erzengel Gabriel auf und fragte: »Was meinst du dazu?«
Und Gabriel sagte: »Gib ihm seine zwei Schilling fünfzig zurück – und schick ihn zum Teufel!«

Der Teufel verwehrte ihm den Grenzübertritt. Schmiedl hatte die zwei Schilling fünfzig glücklicherweise einem Bettler geschenkt, der vorher mit seinem letzten Geld im Toto gespielt und ein Vermögen gewonnen hatte. Seither lebte er nur für die Armen und rettete viele Seelen, sehr zum Mißvergnügen des Satans. Schmiedl schlich sich illegal in den Himmel zurück und suchte um politisches Asyl an. Es wurde ihm gewährt.
Aber eine Strafe sollte er bekommen. Wenn Leibowitz ins Kaffeehaus ging, um Karten zu spielen, mußte er draußen bleiben und durfte nur durch das Fenster kiebitzen.

Winston Churchill sagte: »Ersparnisse sind eine schöne Sache – besonders, wenn Ihre Eltern sie für Sie gemacht haben.« Bei uns ist das nicht der Fall.

Wir müssen sparen

Meine Frau und ich prüften unsere Finanzlage, wobei wir zu der Erkenntnis kamen, daß wir, falls wir so weiterlebten wie bisher, in fünfzehn Jahren zwanzig Millionen Schulden haben würden. Es galt also zu sparen – und zwar ab sofort. Ich drehte den Luster ab und zündete eine Kerze an, wir schalteten weder Radio noch Fernsehen ein, wir verzichteten auf den gewohnten Drink vor dem Schlafengehen – wir mußten sparen.
Am nächsten Abend kam ich nach Hause und berichtete stolz von meinen Erfolgen. 1) hatte ich große Schritte gemacht, um die Sohlen zu schonen, 2) hatte ich gewartet bis niemand hinschaut und hatte dann die Briefe ohne Porto in den Postkasten geworfen, und 3) hatte ich meine Kaffeehausbesuche von vier auf zwei reduziert. Das alles zusammen brachte eine Kürzung meiner Ausgaben um 56 Schilling.
Meine Frau war tüchtiger gewesen. Sie hatte von einem Supermarkt gehört, der das Glas Pfefferoni anstatt um 12 Schilling, um 10 Schilling 50 absetzte. Ich belobte sie. Wir essen zwar keine Pfefferoni, aber es war eine einmalige Gelegenheit, und vielleicht kommt doch einmal der Tag, an dem wir Pfefferoni essen werden. Daß sie gleich zwölf Gläser davon genommen hat, war vielleicht übertrieben, aber es brachte uns immerhin eine Ersparnis von 18 Schilling. Und um 18 Schilling bekommt schon – was bekommt man schon um 18 Schilling? Nichts. Aber das war auch nicht alles. Auf dem Nachhauseweg hatte sie auf Bus und Straßenbahn verzichtet – das Wort »Taxi« darf in unserm Haus nicht mehr ausgesprochen werden – und war, die zwölf Gläser mit Pfefferoni in der Hand, zu Fuß gegangen. Daß sie nach einer halben Stunde Marschierens Fußschmerzen bekam und sich ein bequemeres Paar Schuhe kaufen

mußte, ist einzusehen. Noch dazu, wo sie diese Schuhe in einem Ausverkauf bekam, wo sie anstatt 550 Schilling bloß 470 bezahlte. Auf diese Weise hatte sie an einem einzigen Tag 98 Schilling erspart. Zu essen gab es Suppe.

Am zweiten Tag beschloß ich, den Friseur aufzugeben. Ich gestehe beschämt, daß ich mir bisher den Luxus leistete, mich täglich rasieren zu lassen. Das sind, inkl. Trinkgeld, 20 hinausgeworfene Schilling pro Tag. Meine Frau war natürlich wieder erfolgreicher gewesen. Sie hatte von einem Supermarkt erfahren, wo die Pfefferoni bloß zehn Schilling kosteten. Es war ein Supersupermarkt, in dem man einfach alles bekam. Meine Frau kaufte diesmal 24 Gläser Pfefferoni sowie ein pfefferonigrünes Hauskleid um 600 Schilling, das überall anderswo 660 gekostet hätte. Sie hatte, allein an dem Kleid, 60 Schilling erspart, von den Pfefferoni nicht zu reden. Zu essen gab es Suppe.

Ich schämte mich vor meiner Frau. Was waren meine Einsparungen gegen die ihren? Ich ließ mich in der Folge weder rasieren noch maniküren, noch ließ ich mir die Haare schneiden. Was nützte es? Sie hatte eine Quelle entdeckt, wo die Pfefferoni bloß 9 Schilling 50 kosteten und war dabei auf ein Parfum gestoßen, für das man vor Weihnachten noch 1000 Schilling verlangt hatte und das man jetzt um 598 Schilling abgab. Natürlich hatte sie gleich zwei Fläschchen davon gekauft. Eine Ersparnis von 804 Schilling! Zu essen gab es die ersten Pfefferoni. Scheußlich!

Ich entschloß mich, nicht mehr zu arbeiten, um das Geld für Papier und Kugelschreiber zu sparen. Vergeblich. Meine Frau übertrumpfte mich immer wieder. Sie hatte – gegenüber dem Supersupermarkt – einen kleinen Kaufmann gefunden, der, in der Absicht, den Supersupermarkt zu ruinieren, die Pfefferoni verschleuderte. 9 Schilling das Glas! Dazu bekam man noch gratis einen Karton Waschpulver. Meine Frau bestellte 50 Gläser Pfefferoni – der Kaufmann lieferte ins Haus – und, da er auch die billigsten Gurken führte, nahm sie davon die gleiche Menge. Das machte unsere Menüs abwechslungsreicher. Mittags gab es Pfefferoni mit Gurken – abends Gurken mit Pfefferoni.

Ich wankte durch die Straßen. Mein Bart war gewachsen, die Haare hingen mir über die Ohren, mein Gesicht hatte ein völlig anderes Aussehen bekommen. Pfefferoni und Gurken hatten mir den Mund zusammengezogen. Ich kam nach Hause und erkannte unsere Wohnung nicht wieder. Meine Frau hatte die Möbel umgestellt, um Platz für die Pfefferonigläser zu schaffen. Wo ich hinsah, waren Pfefferoni. Auf dem Kasten, auf dem Schreibtisch, auf der Kredenz – anstatt des Meißner Porzellans, das ich so geliebt hatte – Pfefferoni. Und wo waren meine Bücher? In der Bibliothek stand das Waschpulver. Und immer mehr Pfefferoni kamen an. Um 8 Schilling, 7 Schilling, 6 Schilling das Glas! Und da der Kaufmann tagsüber im Laden stehen mußte, lieferte er bei Nacht.

Das war auch der Grund, weshalb ich eines Tages verhaftet wurde. Nachbarn hatten uns beobachtet. Was waren das für Kisten, die da allnächtlich abgeladen und ins Haus gebracht wurden. Vor allem – was war ihr Inhalt? War es Rauschgift? Waren es Bomben? Schließlich wollte man nicht in die Luft gesprengt werden. Meine Unschuld stellte sich bald heraus, trotzdem behielt man mich eine Nacht auf der Polizei. Warum? Ich hatte darum gebeten. Ich hatte nämlich gesehen, daß eben das

Essen für die Sträflinge ausgegeben wurde. Ich bekam auch eine Portion und machte mich gierig darüber her. Ich weiß bis heute nicht, ob ich Bohnen oder Spaghetti gegessen habe – Pfefferoni waren es nicht, und das genügte mir.

Als ich wieder auf der Straße stand, war mein erster Weg zum Friseur. Ich ließ mir die Haare schneiden, ließ mich rasieren und maniküren. Dann beschloß ich, so zu sparen wie meine Frau. Ich kaufte mir einen Anzug, der bis dahin 10 000 Schilling gekostet hatte, um 8000, machte dasselbe mit Schuhen, Hemden, Krawatten usw. – und als ich nach Hause kam, hatte ich an diesem einen Tag 5000 Schilling gespart. Und das war nicht alles. An einer Telephonzelle hatte ich einen Anschlag gelesen, daß, wer diese Zelle zertrümmern sollte – was in letzter Zeit »in« ist –, eine Strafe von 3000 Schilling bekommt. Ich habe sie *nicht* zertrümmert, was eine weitere Einsparung von 3000 Schilling bedeutete.

Meine Frau hatte ebenfalls gut gearbeitet: sie hatte einen Waggon Pfefferoni gekauft, direkt vom italienischen Großhändler, wodurch das Glas nur auf 3 Schilling kam. Wir prüften wieder unsere Finanzlage und fanden sie nicht mehr alarmierend. Im Gegenteil. Bei einiger Sparsamkeit werden wir uns in fünfzehn Jahren leisten können so zu leben, wie wir es leider heute schon tun.

Wir drehten den Luster an, schalteten den Fernsehapparat ein und genehmigten uns endlich wieder den langentbehrten Drink vor dem Schlafengehen. Zu essen gibt es wieder Steaks, Salate und andere Köstlichkeiten.

Die Pfefferonis verwenden wir als Mitbringsel zu Weihnachts-, Geburtstags- und anderen Parties. Seither werden wir nicht mehr eingeladen.

Seit einigen Tagen fürchte ich, daß der Sparsinn meiner Frau wieder erwachen könnte. Ich sah, ganz in unserer Nähe, in einem Pelzgeschäft einen Nerzmantel, der – bisher mit 100 000 Schilling angeschrieben – jetzt um 80 000 Schilling zu bekommen ist. Hoffentlich sieht sie ihn nicht. Sie könnte an einem einzigen Tag 20 000 Schilling ersparen.

Haben Sie schon gehört, wie zart eine Frau flüstert, wenn sie etwas haben will? Und wie sie schreit, wenn sie es nicht bekommt? Zwischen Geflüster und Geschrei liegt eine reiche Skala von Tönen, und *SIE* besaß sie alle. Sinatra-Fans nennen Frankie-Boy »The voice«, ich nenne mein Idol noch heute, in meiner Erinnerung:

Die Stimme

Vielleicht kennen sie die WIBENI-Versicherung? (WIBENI = Wir bezahlen nicht.) Vor Jahren besuchte mich einer ihrer Vertreter. Seitdem bin ich gegen Feuer versichert. Es ist ein beruhigendes Gefühl, gegen Feuer versichert zu sein, aber so sehr ich drauf brannte – es brannte nicht. Ich versuchte es mit allen möglichen Mitteln. Ich jonglierte mit brennenden Kerzen, ich warf glimmende Zigarettenstummeln in den Papierkorb, ich stellte Benzinflaschen in die Nähe des offenen Kamins, ich veranstaltete ein Heimfeuerwerk, ich zündete zu Ostern einen Weihnachtsbaum an – es brannte nicht. Ich wollte aus der Tatsache, daß ich gegen Feuer versichert war, keinen Gewinn schinden. Ich wollte nur, wenn es brannte, mit einer gewissen Nonchalance sagen können: »Wenn schon, ich bin ja versichert!« – aber es brannte nicht. Und dann brannte es doch. Es war nur ein kleiner Küchenbrand – aber immerhin. Ich hatte Schnitzel gebacken, die Schnitzel hatten Feuer gefangen und waren in die Palatschinken gefallen, ich hatte die Suppe zum Löschen genommen – Gott sei Dank zu spät. An den Wänden und auf dem Fußboden gab es Brandflecken. Schadenfroh rieb ich mir meine versengten Hände und schrieb an die Versicherung. Die WIBENI machte ihrem Namen Ehre: sie bezahlte nicht. Also rief ich an. Nicht nachgeben, nahm ich mir vor, gleich vom Anfang an Respekt verschaffen, dem Kerl, der sich dort melden wird, sofort meine Meinung sagen, und wenn er frech werden sollte – –
»WIBENI?« flötete eine süße zauberhafte Mädchenstimme.
»Ja?« flötete ich überrascht zurück.
»Was kann ich für Sie tun?« flötete die Stimme weiter und klang noch zauberhafter als vorher. Für mich tun?

Eine Frau mit einer solchen Stimme könnte vieles für mich tun, aber das durfte ich nicht gleich sagen.
»Sind Sie noch dran?« flötete die Stimme. Und wie ich dran war! Aber Geduld. Also trug ich ihr meinen Fall vor.
»Ich verbinde Sie mit unserem Experten Dr. Robitschek.« Robitschek! Der Name klang aus diesem Mund wie Musik. Debussy! Claire de lune! Aber ich wollte ihr noch schnell etwas sagen. »Ich möchte – –«
»Robitschek!« meldete sich da schon der Experte. »Sie wünschen?«
»Eigentlich nichts«, stammelte ich. Ihre Stimme hatte mich zahm gemacht. Was würde sie für einen Eindruck haben, wenn ich wegen einer so nichtigen Sache den Starken spielte. »Ein kleiner Küchenbrand«, setzte ich fort. »Nicht der Rede wert. Außerdem war es meine Schuld. Verzeihen Sie, daß ich Ihnen Ihre gewiß kostbare Zeit geraubt habe.« Robitschek verzieh.
Sie Trottel, schalt ich mich, als ich wieder zu Hause war. (Wenn ich wütend bin auf mich, sage ich immer »Sie« zu mir.) Wie konnten Sie sich von einer Stimme hereinlegen lassen? Ich verteidigte mich: Von einer solchen Stimme würde sich jeder hereinlegen lassen. Sind Sie nicht vielleicht doch schon zu alt dazu? fragte ich mich ironisch. Schweigen Sie, schnitt ich mir die Rede ab. Wie Sie wünschen, sagte ich. Wenn ich mit mir streite, muß ich immer das letzte Wort haben.
Wie sie wohl aussehen mag? Ist sie schwarz, rot, blond, brünett? Blond, entschied ich. Solche Stimmen sind immer blond. Blond mit blauen Augen. In der Nacht träumte ich von ihr. Nicht direkt von ihr, sondern von einem großen, schlanken, blonden, blauäugigen Telephonapparat. Er kam hüftewackelnd auf mich zu, spiel-

te mit dem Kabel wie mit einer Perlenschnur und hauchte erotisch-raffiniert aus der Hörmuschel: »Was kann ich für dich tun?« In Anbetracht, daß der Telephonapparat männlichen Geschlechtes ist, war ich etwas verwirrt. Aber er hatte ihre Stimme. »Liebst du mich?« flüsterte ich in die Sprechmuschel und umarmte ihn (sie), aber er (sie) konnte nicht antworten, da ich durch die Umarmung die Verbindung unterbrochen hatte. Ich erwachte und beschloß, nicht mehr an sie zu denken. Sei nicht dumm, sagte ich mir – ich hatte mich wieder mit mir versöhnt –, laß diese Frau in Frieden. Vielleicht ist sie verheiratet, auf alle Fälle hat sie einen Freund – was willst du von ihr? Ich wußte natürlich genau, was ich von ihr wollte, und das ließ mir keine Ruhe. Trotzdem – ich verbannte sie aus meinen Gedanken. Sie – nicht die WIBENI. Das Unternehmen faszinierte mich. Was so eine Versicherung allein für die Arbeitsbeschaffung tut! Da gibt es Experten, Beamte, Ärzte, Vertreter, Direktoren, Generaldirektoren, Telephonistinnen – da war es wieder. Telephonistinnen. Wann wohl so eine Telephonistin zu arbeiten beginnt? Ich schlug im Telephonbuch nach. Um acht. Fünf nach acht rief ich an.

»WIBENI!« flötete die Stimme. Schumann! Träumerei!

»Hallo!« sagte ich erfreut. »Ich bin es wieder! Der Herr von gestern! Der mit dem Küchenbrand!«

»Was kann ich für Sie tun?« fragte sie.

»Eine Menge. Vor allem könnten Sie mir sagen, wie Sie heißen, wann Sie mit mir essen wollen, wo wir uns – –«

»Es ist mir verboten, Privatgespräche zu führen«, unterbrach sie mich kühl, was aber der Stimme nichts von ihrem Reiz nahm. Nur das Bild, das ich mir von ihr gemacht hatte, veränderte sich. Sie schien mir nun eher

schwarz zu sein. Groß, schlank, schwarz mit grünen Augen. Oder mit grauen.
»Kann ich Ihnen irgendwie behilflich sein? Ich meine dienstlich!« sagte sie ungeduldig.
»O ja!« Jetzt nur nicht die Verbindung verlieren, dachte ich und setzte fort: »Ich möchte eine Unfallversicherung abschließen.«
»Ich gebe Ihnen unseren Experten Dr. Kernobst.«
»Aber – –«
»Kernobst!« klang es bereits aus dem Apparat. »Sie wollen mich sprechen?«
»Ich möchte, daß Sie mich gegen Unfall versichern.« Dr. Kernobst versicherte mich. Allerdings gab es da eine seltsame Klausel: »Sollte Kontrahent II« – das war ich – »auf der Strecke Salzburg–Ischl einen Eisenbahnunfall haben, bezahlt Kontrahent I« – das war die WIBENI – »eine Versicherungsprämie von einer Million Schilling.« Nun fahre ich nie auf der Strecke Salzburg–Ischl und schon gar nicht mit der Bahn. Wenn schon. Es wird mir Gelegenheit geben, mit der Stimme zu telephonieren. Ich rief an.
»WIBENI!«
»Ich bin es wieder.«
»Was kann ich für Sie tun?« Diesmal klang es ärgerlich. Kein Debussy, kein Schumann – nichts.
»Ich möchte eine Zusatzversicherung abschließen.«
»Was für eine?« Ich wußte es nicht. Sie half mir. »Vielleicht eine Rentenversicherung?«
»Das ist es!«
»Ich verbinde Sie mit unserem Experten Dr. Haluschka.«
»Danke! Nur eine Frage! Wann kann ich Sie – –«
»Dr. Haluschka!« meldete sich der Rentenversiche-

rungsexperte. Er versicherte mich. »Sollte Kontrahent II« – das war ich – »das 90. Lebensjahr erreichen, bezahlt Kontrahent I« – das war die WIBENI – »eine monatliche Rente von 10 000 Schilling.« Das war für mich sehr beruhigend, da es mir die Gewißheit gab, daß ich meinen Eltern nicht zur Last fallen werde.

Ich ließ mich nacheinander gegen Einbruch, gegen Wasserschaden und gegen Hauseinsturz versichern. Meine Beine waren auf dieselbe Summe versichert wie die des Tänzers Nurejew, meine Stimme wie die der Mirella Freni. Meine Felder waren gegen Hagel und Heuschrecken, meine Wälder gegen den Borkenkäfer versichert. Daß ich weder Felder noch Wälder besaß, war meine Schuld.

Eines Tages, ich wollte mich eben gegen Hundestaupe und Katzenseuche versichern lassen, erwischte ich die Stimme in einer gnädigen Laune. Sie erzählte mir, daß sie Monika heiße, daß sie Geburtstag habe und daß sie bereit wäre, mit mir auszugehen. Kennzeichen: ein goldenes Armband in der Hand.

Punkt 17 Uhr stand ich vor dem Versicherungsgebäude. Fünf Minuten später kam sie auf mich zu.

Als routinierte Leserinnen und Leser werden Sie jetzt denken, daß diese Geschichte unbedingt eine Pointe haben muß. Daß die Frau, die auf mich zutrat, weder schlank noch jung war, daß sie weder blondes Haar noch blaue Augen hatte – oder daß plötzlich ihr Freund, ein Boxer, aufkreuzen und mich zusammenschlagen werde. Sie haben sich getäuscht. Nichts von alledem war der Fall. Von einem Boxer war keine Rede, sie selbst war, wie ich sie mir vorgestellt hatte, und ich verbrachte einen vergnüglichen Abend mit ihr. Und noch einen. Und noch einen. Und noch einige.

Das war lange vor meiner Ehe. Meine Frau hat auch eine süße Stimme, die allerdings gelegentlich ins Herbe umschlagen kann. Aber wer weiß, wie *IHRE* Stimme heute klingt? Die Stimme der »Stimme«? Ich rief sie an. Nach vielen Jahren.
»WIBENI!« krächzte es aus dem Telephon.
»Kann ich Fräulein oder Frau Monika sprechen?« Sie könnte ja inzwischen geheiratet haben.
»Ich bin am Apparat«, krächzte es wieder. Musik! Egk mit Orff und einem kleinen Spritzer Karbolsäure dazu. Ich legte auf.
Man soll sich niemals in eine Stimme verlieben, sie könnte mit fortschreitendem Alter ihren Klang mit einem bürstenähnlichen Kratzen vertauscht haben. Es gibt natürlich auch junge Menschen, die diesen Kratzer von Haus aus besitzen, aber die sind besser dran. Die kaufen sich eine Gitarre und werden Pop-Stars.

Ein Ferienlager ist ein Ort, an dem die Kinder so laut und unbändig herumtollen können wie sonst nur zu Hause. Und wo sie etwas erleben, woran sie noch lange zurückdenken.

Ladis Ferienerlebnis

Ladi, damals 6, kam aus dem Ferienlager.
»Was für Eindrücke hat er vom Land mitgebracht?« fragte ich seinen Vater, Walter Goldmann.
»Eindrücke gar keine«, sagte Goldmann, »nur Ausdrücke.«
Am Abend waren wir beisammen.
»Na, Ladi«, erkundigte ich mich, »was hast du auf dem Lande alles gesehen?«
»Ich habe einen Festzug gesehen«, antwortete Ladi, »ich habe die Feuerwehr gesehen und ich habe gesehen, wie ein Hahn auf eine Henne gehüpft ist.«
Wir waren starr.
»Geh auf dein Zimmer!« befahl Goldmann. Ladi ging.
»Eine schöne Geschichte!« sagte Goldmann fassungslos. »Dieser Lausbub!«
»Es ist deine Schuld!« weinte seine Frau Hermine. »Du hast ihn in das Ferienlager geschickt! Die großen Buben dort haben ihn verdorben! Jetzt weiß er alles!«
»Ist denn das so schlimm?« fragte meine Frau. »Heutzutage? Ihr hättet ihn längst aufklären müssen.«
»Ein Kind mit sechs Jahren?« schluchzte Hermine.
»Ich finde, Hermine hat recht«, mischte ich mich in das Gespräch. »Man soll Kinder nicht aufklären. Es ist viel amüsanter, wenn sie selbst draufkommen.«
Goldmann sah mich an. »*Du* mußt ihn aushorchen!« sagte er plötzlich. »Wir müssen wissen, was und wieviel er weiß. Für uns, seine Eltern, wäre das bedeutend peinlicher.«
»Aber wie soll ich –?«
»Erzähl ihm von Bienchen und Schmetterlingen«, meinte meine Frau belustigt, »und sag ihm dann, daß es die Menschen genauso machen.«

»Von Bienchen und Schmetterlingen? Wenn er einen Hahn und eine Henne gesehen hat?«
»Auf Hahn und Henne wirst du schon zu sprechen kommen.«
»Also gut!« seufzte ich.
Am nächsten Tag fuhr ich mit Ladi in den Wienerwald. Während wir spazierengingen, forderte ich ihn auf: »Erzähle mir doch noch einmal, was du auf dem Land alles gesehen hast.«
»Ich habe einen Festzug gesehen«, sagte Ladi prompt, »ich habe die Feuerwehr gesehen, und ich habe gesehen, wie ein Hahn auf eine Henne gehüpft ist.«
Da war es wieder. Zum Glück kam uns ein Liebespaar entgegen. Die jungen Leute hielten sich umarmt, blieben stehen und küßten sich. Das war das Stichwort für mich.
»Hast du gesehen, was die beiden gemacht haben?« fragte ich Ladi.
»Ja«, sagte er.
»Na was?«
»Sie haben sich geküßt.«
»Richtig!« lobte ich ihn. »So machen es die Menschen, und genauso ist es bei den Bienchen und Schmetterlingen!« Trottel! Umgekehrt! Mit den Bienchen und Schmetterlingen hätte ich anfangen müssen. Wir fuhren nach Hause. Ich lehnte es ab, Ladi weiterhin auszuhorchen. Meine Frau übernahm die Aufgabe. Sie fuhr mit Ladi in den Prater.
»Jetzt erzähle mir einmal ganz genau«, forderte sie ihn auf, »was du auf dem Land alles gesehen hast.«
»Ich habe einen Festzug gesehen«, antwortete Ladi, »ich habe die Feuerwehr gesehen, und ich habe gesehen, wie ein Hahn auf eine Henne gehüpft ist!«

»Siehst du«, sagte meine Frau, »wenn ein Hahn auf eine Henne hüpft, so ist das ein Zeichen – ein Zeichen –« sie stotterte – »daß er gewisse Gefühle hat – weil ja auch die Bienchen –« Auch sie trat von dem Job zurück. Nun übernahm Goldmann persönlich die Sache. Er fuhr mit Ladi in den Zoo.

»Erzähl mir«, begann er und nahm sich vor, ganz ruhig zu bleiben, »was du auf dem Land alles gesehen hast.«

Ladi mußte uns für verrückt halten. »Ich habe einen Festzug gesehen«, erzählte er zum x-tenmal, »ich habe die Feuerwehr gesehen, und ich habe gesehen, wie ein Hahn auf eine Henne gehüpft ist.«

In Goldmann erwachte der alte Choleriker. »Warum hast du nicht weggeschaut wie der Hahn auf die Henne gehüpft ist? Warum nicht? Ha? Nur weil es dir Vergnügen gemacht hat! Weil du deinen Vater ins Grab bringen willst, du Lausbub!« Er gab Ladi eine Ohrfeige und brachte ihn nach Hause. Jetzt wäre die Reihe an Hermine gewesen, aber sie lehnte es ab, mit ihrem Sohn über derlei Dinge zu sprechen.

Ich hatte eine Idee. »Wie wäre es, wenn wir Ladis Lehrer zu Rat ziehen würden?« Wir gingen zu Ladis Lehrer und berichteten über den Vorfall. Der Lehrer, ein junger, progressiver Mann mit Vollbart, ließ Ladi rufen.

»Na?« begann er jovial, »du kommst doch jetzt aus den Ferien. Was hast du auf dem Lande gesehen?«

»Ich habe einen Festzug gesehen«, antwortete Ladi, »ich habe die Feuerwehr gesehen, und ich habe gesehen, wie ein Hahn auf eine Henne gehüpft ist.«

»Hm!« machte der Lehrer und ließ sich den Bart abrasieren. Er war doch nicht so progressiv wie er gedacht hatte. »Sie sollten sich mit einem Kinderpsychiater besprechen.«

»Das ist auch meine Meinung«, sagte ich.
Goldmann brauste auf. »Weißt du, was das kostet?«
»In diesem Fall darf uns nichts zu teuer sein«, erklärte Hermine. Ich kannte einen berühmten Kinderseelenforscher: Dr. Pinter. Mir zuliebe kam er sogar ins Haus.
Am Abend versammelten wir uns in Goldmanns Salon und erzählten ihm die Geschichte.
»Da können Sie von Glück sagen«, meinte der Arzt. »Durch die plötzliche Erkenntnis der Beziehungen zwischen Mann und Frau bzw. zwischen Hahn und Henne hätte der Junge einen Schock fürs Leben bekommen können.«
Ladi wurde hereingerufen. »Du bist also der junge Mann, der so interessante Dinge zu berichten weiß«, versuchte Dr. Pinter sein Vertrauen zu gewinnen. »Erzähl auch mir, was du auf dem Land alles gesehen hast.«
Noch ein Verrückter, schien Ladi zu denken. Dann begann er: »Ich habe einen Festzug gesehen, ich habe die Feuerwehr gesehen, und ich habe gesehen, wie ein Hahn auf eine Henne gehüpft ist.«
»Da ist es«, murmelte Dr. Pinter und flüsterte uns zu: »Man muß versuchen, dieses Bild aus seinem Unterbewußtsein zu verdrängen.« Er wandte sich Ladi zu. »Was hattest du für ein Gefühl, als du das sahst? War es ein Lustgefühl? Oder ein Wunschgefühl? Wärest du vielleicht selbst gern an Stelle des Hahns gewesen?«
Ladi sah Dr. Pinter verwundert an.
»Oder wünschtest du, daß dein Vater auf der Henne gesessen hätte?«
Ladi bekam Angst. Auch Goldmann fand die Frage eigenartig. Was sollte er auf der Henne?
»Weißt du überhaupt«, setzte der Psychiater fort, »*warum* der Hahn auf die Henne gehüpft ist?«

Wir horchten auf. Das war eine Frage, die noch keiner von uns gestellt hatte.
»Natürlich weiß ich das«, entgegnete Ladi.
»Also?« triumphierte Dr. Pinter. »Warum?«
»Das ist doch ganz einfach«, sagte Ladi. »Weil er den Festzug besser sehen wollte.«

Wir atmeten erleichtert auf. Das war wieder unser unschuldiger Sohn bzw. Neffe Ladi.
Diese Geschichte hat sich vor einigen Jahren zugetragen. Heute weiß Ladi nicht nur Bescheid, er fragte mich vor kurzem sogar, ob ich wisse, warum Sex so beliebt sei.
Ich verneinte.
Drauf er: »Weil er so zentral gelegen ist.«

Wir sollten glücklich sein. Wir leben in der guten, alten Zeit, an die wir im Jahr 2000 zurückdenken werden.

Harte Zeiten

Ich saß im Wartezimmer unseres Zahnarztes Dr. Wronsky. Ich war »Der Nächste, bitte!« Zwei Damen und ein Herr waren bereits hineingegangen. Allen dreien hatte man die Angst vor der Bohrmaschine angesehen. Ich verstand das nicht. Ich saß da – furchtlos wie ein Musketier, tapfer, mutig, lächelnd. Wieso? Ich war nur gekommen, um meine Frau zu entschuldigen, die ihre heutige Vereinbarung nicht einhalten konnte. Es dauerte. Ich benützte die Zeit, um an einem Schüttelreim zu basteln: »Bei Zahnärzten in Wartezimmern – da hört man nicht nur Zarte wimmern.« Schlecht. Plötzlich fiel mein Blick auf eine Zeitung, die neben mir auf der Bank lag. Da stand in fetten Lettern: »Harte Zeiten für Europa.« Ich nahm das Blatt zur Hand – das Lächeln verging mir. Da stand nicht mehr und nicht weniger, als daß Europa vor dem Bankrott steht. Die EG tritt zusammen, um auseinanderzugehen, der Gemeinsame Markt ist eine Utopie, die Aufrüstung verschlingt Unsummen, der Krieg steht vor der Tür, die Währungen fallen, das Geld wird knapp – kurz: Europa ist pleite. Und das in nächster Zeit. Mir wurde mulmig. Ich hatte mit Dr. Wronsky eine kostspielige Behandlung zur Verschönerung meines Gebisses besprochen – ich werde sie aufschieben. Bei den Zeiten, die uns bevorstehen – nur auf nichts einlassen.

»Der Nächste, bitte!« Das war ich. Der gefürchtete Stuhl erwartete mich mit offenen Armen. Ich lachte ihn höhnisch an. Heute nicht, mein Lieber!

Wronsky wusch sie eben die Hände. »Hast du einen Termin?« fragte er erstaunt.

»Ich nicht – meine Frau. Ich komme bloß absagen. Und weil ich schon da bin«, setzte ich zögernd fort, »möchte ich dir gleich sagen, daß ich mir die Behandlung, die wir

besprochen hatten, nicht machen lasse.« Und ich erzählte ihm, was ich gelesen hatte: Die EG tritt zusammen, um auseinanderzugehen, der Gemeinsame Markt ist eine Utopie, die Aufrüstung verschlingt Unsummen, der Krieg steht vor der Tür, die Währungen fallen, das Geld wird knapp – kurz: Europa ist pleite.
»Hm«, machte Wronsky besorgt. »Wenn die Zeiten wirklich so hart werden wie du sagst? Ich wollte mir ein Zweitauto kaufen – ich werde davon absehen.«
Und er ging zu seinem Autohändler. »Ich habe mir die Sache überlegt«, sagte er, »ich brauche vorläufig kein zweites Auto.« Und er berichtete dem Autohändler von den harten Zeiten, denen wir entgegengehen: Die EG tritt zusammen, um auseinanderzugehen, der Gemeinsame Markt ist eine Utopie, die Aufrüstung verschlingt Unsummen, der Krieg steht vor der Tür, die Währungen fallen, das Geld wird knapp – kurz: Europa ist pleite.
»Schrecklich!« jammerte der Autohändler. »Ich wollte meiner Frau zum Geburtstag einen Nerzmantel kaufen, aber bei diesen Aussichten werde ich ihr lieber ein paar Nelken bringen.«
Und er ging zum Kürschner. »Ich habe mir die Sache überlegt«, sagte er, »meine Frau braucht keinen Nerz. Die Zeiten, die uns bevorstehen, sind zu hart.« Und er schilderte ihm die Zukunft: Die EG tritt zusammen, um auseinanderzugehen, der Gemeinsame Markt ist eine Utopie, die Aufrüstung verschlingt Unsummen, der Krieg steht vor der Tür, die Währungen fallen, das Geld wird knapp – kurz: Europa ist pleite.
Der Kürschner begann zu zittern. »Ich bin Ihnen dankbar, daß Sie mir das sagen. Ich wollte mir einen Bungalow bauen lassen – ich werde damit warten.«

Und er ging zum Baumeister. »Mit dem Bungalow«, gab er ihm zu verstehen, »ist es nichts. Die Zeiten, die uns erwarten, erlauben mir nicht, so viel Geld zu investieren.« Und er beschrieb, was er gehört hatte: Die EG tritt zusammen, um auseinanderzugehen, der Gemeinsame Markt ist eine Utopie, die Aufrüstung verschlingt Unsummen, der Krieg steht vor der Tür, die Währungen fallen, das Geld wird knapp – kurz: Europa ist pleite.
Der Baumeister wurde blaß. »Ich habe eine Segelyacht mit vier Kabinen bestellt«, jeierte er, »ich werde den Kauf sofort rückgängig machen.«
Und er ging zu dem Segelyachtverkäufer mit vier Kabinen. »Ich kann die Yacht nicht übernehmen«, gestand er. »Ich sehe harte Zeiten kommen.« Und er zählte auf: Die EG tritt zusammen, um auseinanderzugehen, der Gemeinsame Markt ist eine Utopie, die Aufrüstung verschlingt Unsummen, der Krieg steht vor der Tür, die Währungen fallen, das Geld wird knapp – kurz: Europa ist pleite.
Der Yachtverkäufer war wie vom Schlag gerührt. »Ich habe eine Freundin«, stammelte er, »eine kleine Schauspielerin. Ich wollte mich an einem Theater beteiligen, damit sie endlich einmal eine Hauptrolle bekommt. Hugo Wiener sollte das Stück schreiben – aber ich kann jetzt nicht eine verhältnismäßig große Summe in ein Theater stecken.«
Und er kam zu mir. »Meister«, sagte er – in dem Moment wußte ich, daß er etwas wollte – »ich habe das Projekt mit meiner Freundin noch einmal überschlafen – ich steige aus.« Und er nannte die Gründe: Die EG tritt zusammen, um auseinanderzugehen, der Gemeinsame Markt ist eine Utopie, die Aufrüstung verschlingt Unsummen, der Krieg steht vor der Tür, die Wäh-

rungen fallen, das Geld wird knapp – kurz: Europa ist pleite.
Ich verstand ihn: Harte Zeiten. Ich löste nicht nur den Vertrag, ich gab ihm auch noch den Vorschuß zurück, den ich bereits bekommen hatte.
Drei Wochen später bekam ich Zahnschmerzen. Ich ging zu Wronsky. Auf der Bank im Wartezimmer lag noch immer die Zeitung mit der Schlagzeile: Harte Zeiten für Europa. Ich sah sie mir genauer an – sie war vom 26. Jänner 1968, also über zehn Jahre alt.

Zuerst wollte ich Wronsky meine Meinung sagen, dann sah ich davon ab. Ich recherchierte bei anderen Zahnärzten – es war überall dasselbe. In allen Wartezimmern gab es nur antiquarische Zeitungen. Wollen Sie das Geschäft Ihres Lebens machen? Sammeln Sie alte Zeitungen und verkaufen Sie sie an Zahnärzte.

Doch gibt es noch Überraschungen. Als ich das heutige Morgenblatt zur Hand nahm – was las ich, zehn Jahre später, auf der Titelseite: Harte Zeiten für Europa. Die EG tritt zusammen, um auseinanderzugehen, der Gemeinsame Markt ist eine Utopie, die Aufrüstung verschlingt Unsummen, der Krieg steht vor der Tür, die Währungen fallen, das Geld wird knapp – kurz: Europa ist pleite.
1. Joh. 2, 19: Die Welt lieget im argen.

Es geht um die Menschenrechte. Zur Wahrung der Menschenrechte sind wir bereit, Kriege zu führen. Wir töten einander aus Menschlichkeit. Ob auch das folgende Kapitel dazugehört?

Der humane Strafvollzug

Vor einigen Monaten traf ich Raudaschl. Ich war freudig überrascht. Als ich ihn zuletzt gesehen hatte, hatte er mit dem Kreislauf zu tun gehabt – jetzt strotzte er vor Gesundheit.

»Du siehst blendend aus«, sagte ich. »Wo warst du? Kamerun, Mexiko, Kalifornien?«

Er lachte. »Keine Spur.«

»Woher kommst du?«

»Aus dem Gefängnis. Du brauchst keine Angst zu haben«, beruhigte er mich schnell, da ich einen Schritt zurückgewichen war, »ich habe niemanden umgebracht.«

»Was denn?« erkundigte ich mich. »Raub, Diebstahl, betrügerische Krida?«

»Auch nicht.«

»Aber etwas mußt du doch verbrochen haben. Bereust du es wenigstens?«

»Im Gegenteil. Ich habe sogar vor, es im nächsten Jahr wieder zu tun.«

Ich verstand die Welt nicht mehr. Raudaschl, den ich von der Schule her kannte! Der gute Raudaschl, der keiner Fliege etwas zuleide tat! Der brave Raudaschl, der so sensibel war, daß er nicht Latein lernen konnte, weil er, seitdem er wußte, daß es sich um eine tote Sprache handelt, beim ersten Wort zu weinen anfing!

Und jetzt?

»Du bist blaß«, fand er. »Ein bißchen Gefängnisluft würde dir auch nicht schaden.«

Ich war baff. »Soll ich, nur um besser auszusehen, ein Verbrechen begehen?«

»Ich habe doch kein Verbrechen begangen«, sagte Raudaschl. »Hast du noch nie von den Segnungen des humanen Strafvollzugs gehört?«

»Doch.«

»Und hast du dich nie darüber geärgert?«
»Mehr als genug.«
»Ich auch – bis ich eines Tages umgedacht habe.«
»Umgedacht?«
»Ja. Du weißt doch, was die modernen Gefängnisse – pardon, Vollzugsanstalten, wie sie jetzt heißen – alles zu bieten haben?«
»Ja«, entgegnete ich gereizt. »Fernsehen, Radio, Freizeitzellen, Sport, Konzerte, Vorträge, Theateraufführungen, Kino, gesunde Kost – –«
»Reichhaltige Bibliotheken«, setzte er fort, »guteingerichtete Werkstätten, freundliches Personal, hervorragende medizinische und psychologische Betreuung – –«
»Und alles für unser Geld«, schloß ich grimmig.
»Siehst du? Da hat mein Umdenken angefangen.«
»Inwiefern?«
Raudaschls Gesicht bekam einen ausgesprochen listigen Ausdruck. »Warum, habe ich mich gefragt, soll dieser ganze Aufwand nur Mördern und Verbrechern dienen? Warum nicht auch dem anständigen Staatsbürger, der dafür aufzukommen hat? Und ich setzte mich hin und schrieb ein Gesuch an das Bundesministerium für Justiz, das ungefähr folgenden Wortlaut hatte: ›Sehr verehrter Herr Minister! Ich bitte Sie, gnädigst über meine Unbescholtenheit hinwegsehen zu wollen und mir wohlfahrtsstaatlich das Benefizium zu gewähren, mich für längere Zeit in einer der modernen Strafvollzugsanstalten aufzunehmen. Ich bin Familienvater und Alleinverdiener und könnte mir die Segnungen eines modernen Strafvollzugs privat kaum leisten. Vom Elternhaus her zur Bescheidenheit erzogen, wäre ich schon mit ein paar Monaten zufrieden und würde dann fürderhin dem Staate durch vermehrte Liebe und Treue dienen.‹«

»Und?« fragte ich gespannt.
»Abgelehnt durch das Sekretariat. Ich habe aber nicht aufgegeben. Ich habe noch einmal an den Minister geschrieben, habe ihm gedroht, mich an meinen Ombudsmann zu wenden, falls meinem Wunsch, eingesperrt zu werden, nicht Rechnung getragen werden sollte.«
»Und?« fragte ich wieder.
»Diesmal hat er selbst geantwortet.«
»Und was hat er geschrieben?«
»Was Minister so schreiben. Er könne meiner Bitte mit bestem Willen nicht stattgeben, wo kämen wir denn da hin, wenn jeder eingesperrt werden möchte, ich hätte die große Idee des modernen Strafvollzugs völlig mißverstanden usw., bla, bla.«
»Wie bist du dann doch hineingekommen?«
»Protektion. Der Sohn unserer früheren Hausbesorgerin war Raubmörder. Er wurde resozialisiert – –«
»Und? Hat er sich gebessert?«
»Erstaunlich. Er raubt jetzt nur noch, ohne zu morden. Er legte ein gutes Wort für mich ein, und am Weihnachtsabend, als die große Amnestie einsetzte und die Zellen unterbelegt waren, erhielt ich den Einweisungsschein. Es war mein schönstes Weihnachtsgeschenk. Ich nahm Abschied von der Familie und fuhr zur Strafanstalt.«
»Und war es dort wirklich so schön, wie du es dir vorgestellt hattest?«
»Schön? Es war Spitze! Wenn ich ein Verbrecher wäre, würde ich mich mein Lebtag nicht bessern. Leider haben meine Eltern mich falsch erzogen. Es war herrlich! Ich hatte eine gemütliche Zelle im letzten Stock, Sonnenseite, herrliche Aussicht, kein Straßenlärm, kein Kindergeschrei, keine Frau, die immer nur ›Gib mir

Geld!‹ sagt, das Frühstück wurde ins Bett serviert – es war wirklich ein trautes Heim! Ich konnte wieder einmal in aller Ruhe Rilke lesen, konnte Sport betreiben, Fußball, Handball, Tischtennis – alles nach Herzenslust! Ich wurde sofort ärztlich gecheckt – und weißt du, was sich herausgestellt hat? Mein Hausarzt, der alte Pollatschek, hat mir jahrelang das Geld aus der Tasche gezogen. Alle meine Beschwerden waren nur Nervensache – Streß, Überforderung im Alltag, zu wenig Ruhe. Nach vierzehn Tagen war ich ein anderer Mensch.«

»Und die Gesellschaft?«

»Ich verkehrte hauptsächlich mit dem Gefängnisdirektor, einem wirklich kultivierten Menschen. Ich habe ihm eine Idee gegeben, die ihn wahrscheinlich in eine höhere Position katapultieren wird. Sollte, sagte ich ihm, der Gefängnisurlaub im Parlament durchgehen – was ja nur noch eine Frage der Zeit ist –, könnte man doch, während die Sträflinge draußen sind, die Steuerzahler einsperren – und zwar alle, nicht nur mich –, damit auch sie in den Genuß des humanen Strafvollzugs kommen. Das Ministerium ist von der Idee begeistert, und man denkt sogar daran, den Fremdenverkehr zu verbessern, indem man die Gastwirtschafts- und Hotelbetriebe auf den humanen Strafvollzug einstellt. Natürlich verlangt das eine Änderung der Werbeslogans. Anstatt ›Sie werden sich bei uns wie zu Hause fühlen‹ wird es heißen ›Sie werden sich bei uns wie im Gefängnis fühlen‹ – anstatt ›Hausmannskost‹ wird es ›Sträflingskost‹ heißen usw. Du solltest es wirklich probieren.« Ich lehnte ab.

Ich kam nach Hause und setzte mich an den Schreibtisch. Dieser Raudaschl, dachte ich, ist ein verrückter Kerl. Im selben Moment klingelte das Telephon, der

Türsummer brummte, unten wurde die Straße aufgerissen, LKWs hielten und fuhren wieder los, Hunde bellten, Katzen miauten, Kinder schrien, Fernsehgeräte wurden eingestellt, vor mir lagen sechzehn Erlagscheine, die zu bezahlen waren, meine Frau war nicht zu Hause, das Essen, das sie vorbereitet hatte, war kalt geworden – da spannte ich einen Bogen in die Maschine und schrieb: Sehr verehrter Herr Minister! Ich bitte Sie, gnädigst über meine Unbescholtenheit hinwegsehen zu wollen« usw. usw.

Ich bekam drei Monate. Leider wurde ich in eine der noch nicht modernisierten Strafanstalten eingeliefert. Wir waren zwölf in einer Zelle, die für vier gedacht war, keine Sonne, kein trautes Heim, kein Rilke, kein Tischtennis, ich mußte die Toiletteneimer leeren, und unser Sport bestand darin, daß wir jeden Morgen zwanzig Minuten lang im Hof spazierengehen durften. Immer im Kreis, bei Regen und Schnee.
Und demnächst komme ich wieder hinein. Vier Wochen. Der Grund? Ich war, frisch aus der Haft entlassen, zu Raudaschls Geschäft gegangen und habe die Schaufenster eingeschlagen.

Ich kenne drei Krankheiten, die mit Steinen zu tun haben: Gallensteine, Nierensteine und Kleptomanie. Bei Kleptomanen wurden schon Steine im Gewicht von drei Karaten und mehr gefunden. Ich kannte einen Kleptomanen. Nachstehend mein Zusammentreffen mit ihm.

Der Kleptomane

Robinson, Wronsky und ich hatten beschlossen, die Weihnachtsfeiertage mit unseren Damen in Kitzbühel zu verbringen. Im Prospekt des Hotels, das uns vom Reisebüro empfohlen worden war, stand: Höhenspaziergänge, ruhige Zimmer, familiäre Preise. Es stimmte. Unsere Zimmer lagen im sechsten Stock, der Lift war außer Betrieb, die Höhenspaziergänge waren gegeben. Die Zimmer waren ruhig – wir haben sie niemals schreien gehört – und auch die familiären Preise trafen zu, vorausgesetzt, daß man der Familie des Schah Reza Pahlevi angehörte. Aber was soll's? Wir wollten ja nur eine Woche bleiben.

Am ersten Abend, beim Essen, lernten wir eine sehr nette ältere Dame kennen – Frau Lohmann, Offizierswitwe – mit Sohn Stefan, einem wohlerzogenen, ungefähr zwölf Jahre alten Jungen.

»Ein bezaubernder Bub«, sagte meine Frau, als Stefan sich vom Tisch entfernt hatte.

Die Mutter sah ihm liebevoll nach. »Leider ein Sorgenkind«, seufzte sie. »Er ist krank.« Wir erschraken.

»Krank?« fragte Mela Robinson verwundert. »Er sieht doch aus wie das Leben?!«

»Es ist keine organische Krankheit«, meinte Frau Lohmann. »Stefan leidet an Kleptomanie. Ich würde es nicht erzählen, aber ich muß Sie drauf aufmerksam machen, damit Sie auf der Hut sind. Er entwendet, Gott sei Dank, nur wertlose Dinge – und bitte, wenn Ihnen etwas fehlen sollte, melden Sie es nicht der Hoteldirektion, Sie bekommen von mir alles wieder zurück. Da – schauen Sie hin!« Stefan steckte am Nebentisch eben einen Aschenbecher ein.

Als wir später auf unsere Zimmer gingen, vermißte meine Frau ihren Lippenstift und ich meinen Kugelschreiber, Robinson kam und fragte, ob wir nicht irrtümlich seine Zigarettenpackung und Melas Feuerzeug eingesteckt hätten, und Wronsky rief an, daß seiner Frau ein Handschuh und ihm ein Taschenkalender fehle. Wir wußten natürlich, wer das alles hatte.

Am nächsten Morgen, beim Frühstück, sah uns Frau Lohmann bereits besorgt entgegen. Sie nickte uns beruhigend zu, und als sie Stefan weggeschickt hatte, um einen Spaziergang zu machen, bekamen wir alles wieder zurück: Lippenstift, Kugelschreiber, Zigaretten, Feuerzeug, Handschuh und Taschenkalender. Frau Lohmann trug eine große Tasche mit sich, aus der sie alles hervorholte. Auch an den andern Tischen verteilte sie ihre Gaben. Es war erst der 22. Dezember, aber wir hatten schon ein richtiges Weihnachtsgefühl.

»Der Junge geht mir nicht aus dem Kopf«, sagte Vera Wronsky, während wir in der »Tenne« unsere Aperitifs nahmen. »Was denkt er sich bloß, wenn er diese Dummheiten einsteckt?«

»Wahrscheinlich gar nichts«, meinte Wronsky. »Er weiß es vielleicht nicht einmal.«

»Natürlich weiß er es«, mischte meine Frau sich ein. »Schließlich ist Kleptomanie ein Trieb – ein krankhafter Trieb – zum Stehlen.« Und affektiert setzte sie hinzu: »Eine Monomanie, die zum Sammeln, ohne Rücksicht auf Eigentumsgesetze, treibt.« Sie hatte im Lexikon nachgeschlagen.

»Ich kann es nicht verstehen«, brummte Wronsky.

»Es ist doch ganz einfach«, versuchte Robinson es ihm zu erklären. »Es ist ein Trieb, so wie Sex ein Trieb ist.«

»Dann *kann* er es nicht verstehen«, sagte Wronskys Gattin mit Verachtung und Überzeugung.

Wronsky wandte sich an mich. »Was ist deine Meinung

über diese Stehlsucht? Du mußt es doch wissen.«
»Wieso?« fragte ich verblüfft. Spielte er auf meine Geschichten an? Am Abend ging ich etwas früher zum Essen und saß mit Stefan allein am Tisch. Ich beschloß, ein Experiment zu machen. Ich wollte wissen, ob Stefan wirklich nur wertloses Zeug stiehlt. Ich nahm meine Armbanduhr – Schweizer Werk, 24karätiges Gold, schock- und waterproof – und legte sie scheinbar achtlos auf den Tisch. Dann stand ich auf, angeblich um nach meiner Frau zu sehen. Vom Nebensaal aus beobachtete ich den Jungen. Er blickte vorsichtig von links nach rechts und von rechts nach links und verließ den Saal. Ich eilte zurück – die Uhr war da. Dafür fehlten nach dem gemeinsamen Abendessen mit Frau Lohmann und Stefan: Meiner Frau eine Ansichtskarte, mir eine Schachtel Zünder, Wronsky ein alter Zahnstocher, den er, zur Verzweiflung seiner Frau, immer mit sich trug, Vera Wronsky ein kleines Parfummusterfläschchen, Robinson eine Büroklammer, die er als Ohrenputzer benutze, und Mela Robinson eine Kopfschmerztablette. Sonst nichts. Am nächsten Morgen hatten wir alles wieder.
Am vierundzwanzigsten abends war die Bescherung. Der Saal war festlich dekoriert. Frische Tannenbäume hat man ja heute keine mehr – wozu auch – der in der Mitte des Saales stehende Plastikbaum wirkte so natürlich, daß er von einem echten Aluminiumbaum nicht zu unterscheiden war. Zuerst sangen wir im Chor »Stille Nacht, heilige Nacht«, dann sang eine Dame »I'm dreaming of a white Christmas«. Leider träumte sie so schlecht, daß wir beschlossen, sie zu wecken. Laut durcheinanderredend, gingen wir zu den Geschenken über.

Meine Frau schenkte mir einen großen, zu einer Geldklammer verarbeiteten Golddukaten, ich revanchierte mich mit einer Uhr mit Brillanten, Robinson bekam einen Saphirring, Mela ein Smaragdarmband, Wronsky einen goldenen Krawattenhalter mit dazupassenden Manschettenknöpfen und Vera eine antike Kette mit einem ebensolchen Anhänger. Frau Lohmann schenkte Stefan ein Briefmarkenalbum, Stefan hatte für sie – nach einer Photografie – ein Porträt seines Vaters gezeichnet. Es war rührend, die beiden zu sehen.
Nach dem Weihnachtsmenü – hors d'œuvre nach Wahl, Consommé, Diplomatenpastete, Truthahn und Malakofftorte – wurde getrunken und getanzt. Plötzlich sah ich Stefan allein am Tisch sitzen. Ich ging hin, ich war bereits ziemlich beschwipst, legte meinen neuen Golddukaten auf den Tisch, merkte, daß Stefan Stielaugen machte, wandte mich einen Moment ab, drehte mich wieder um – der Dukaten war weg. Stefan stahl also doch auch echte Sachen. Ich erzählte es meiner Frau, sie war noch beschwipster als ich, legte ihre Brillantuhr auf den Tisch, wir wandten uns ab, drehten uns wieder um – die Brillantuhr war weg. Wir amüsierten uns köstlich über Stefans Geschicklichkeit, berichteten Wronsky, Robinson, Vera und Mela davon, sie waren noch beschwipster als meine Frau und ich, legten ihre Geschenke auf den Tisch, wandten sich ab, drehten sich wieder um – Saphirring, Smaragdarmband, Krawattenhalter, Manschettenknöpfe, Kette und Anhänger – alles war weg. Wir erzählten es den Gästen, sie waren noch beschwipster als Wronsky, Robinson, Vera, Mela, meine Frau und ich, sie legten Colliers, Clipse, Armreifen, Broschen etc. auf den Tisch, wandten sich ab, drehten sich wieder um – Colliers, Clipse, Armreifen, Broschen

etc. – alles war weg. Sie sagten es dem Orchester weiter. Die Musiker, die noch beschwipster waren als Wronsky, Robinson, Vera, Mela, meine Frau, ich und die Gäste, legten Geldbörsen, Brieftaschen, Uhren und Uhrketten auf den Tisch, wandten sich ab, drehten sich wieder um – Geldbörsen, Brieftaschen, Uhren und Uhrketten – alles war weg. Es war der lustigste Weihnachtsabend, den das Hotel je erlebt hatte. Vor allem, weil Stefan glaubte, daß wir nicht wußten, daß er es war, der unsere Sachen eingesteckt hatte.
Die Musik spielte »O du lieber Augustin, alles ist hin!« als Compostella, und als wir, der intelligenten Choreographie dieses Tanzes folgend, auf dem Boden kauerten und der Schalgzeuger rief: »Die Uhr!«, riefen wir im Chor: »Ist hin!«, »Das Collier!«, »Ist hin!«, »Das Armband!«, »Ist hin!«, »Der Dukaten!«, »Ist hin!« – und als der Tanz aus war, war auch die Stimmung hin. Frau Lohmann, Stefan und der Schmuck waren verschwunden.
Als wir uns am nächsten Morgen verabschiedeten und der Hoteldirektor fragte: »Darf ich Ihnen einige Ansichten unseres Hotels mitgeben?«, antwortete Wronsky: »Danke. Von Ihrem Hotel haben wir unsere eigenen Ansichten.«

Wir sahen Frau Lohmann und Stefan erst nach Jahren wieder. Leider nur im Fernsehen, in der Sendung »Aktenzeichen XY ungelöst.« Man zeigte ihre Photos, und Eduard Zimmermann sagte dazu: »Gesucht wird die 42jährige Ludmilla Blaschek alias Schlabek alias Lohmann – sowie der 40jährige Adolf Hubal alias Bubal alias Lohmann. Hubal ist Liliputaner. Das Betrügerpaar soll sich zur Zeit in Österreich herumtreiben. Vielleicht

hören wir in unserer Spätsendung schon mehr von ihnen.«
Wir blieben wach. Wir hörten *nicht* mehr von ihnen. Wir hörten überhaupt nichts mehr von ihnen.

Es wird Ihnen aufgefallen sein, daß ich jeder meiner Satiren ein kurzes Vorwort voranstelle und daß ich sie mit einem meist ebenso kurzen Nachwort beschließe.
Sie werden auch bemerkt haben, daß ich für die Familie schreibe. Für *meine* Familie, damit sie zu essen hat, sowie für die andere, die große Familie meiner Leser.
Und Sie müssen zugeben, daß ich ein vornehmer Schriftsteller bin. Oder habe ich schon einmal ein unanständiges Wort geschrieben? Mitnichten. Meine Schreibweise bleibt immer gepflegt und kultiviert. Heute muß ich leider von diesem, meinem Grundsatz, abgehen. Verzeihen Sie mir! Ich schreibe immer wahre Geschichten, aber die folgende ist

Eine wirklich wahre Geschichte

Erinnern Sie sich noch an meinen bereits zweimal geschiedenen Freund Poldi? Sure. Nach seiner zweiten Scheidung schwor er bei allem, was ihm heilig ist, nie mehr zu heiraten. Vor drei Monaten war die Hochzeit. Poldis dritte Frau kommt aus den Staaten. Sie heißt Jane und ist Amerikanerin. Richtige Amerikanerin. Beweis? Sie verwechselte bis vor kurzem noch Austria mit Australia, Vienna mit Venice und sagt heute noch »Hi!« und »Hallo!« mit jenem reizenden Quetsch in der Stimme, der uns die Amerikanerinnen so liebenswert macht. Jane ist reich und attraktiv, und als Poldi mich fragte: »Soll ich wirklich noch einmal?«, sagte ich: »Ja.« Aber Jane ist auch snobistisch. Sie führt einen Salon für progressive Künstler und geldsuchende Filmregisseure und hat bereits ihre erste Entdeckung gemacht: Jerry, einen jungen abstrakten Maler. Er malt die Dinge, wie er sie sieht. Boshafte Menschen sind der Ansicht, daß er einmal zum Augenarzt gehen sollte. Jane managt ihn – und nicht ungeschickt. Zuerst verschenkte sie seine Werke bei allen Gelegenheiten, und dann mietete sie eine Galerie, um seine neuen Arbeiten auszustellen. Aus diesem Anlaß kamen die verschenkten Kinder als »Verkauft«, »Leihgabe« und »Privatbesitz« wieder zurück, was auf die Gäste, die zur Eröffnung der Ausstellung geladen waren, gewaltigen Eindruck machte. Ein junger Maler, und schon so gefragt.

Am Buffet traf ich Dr. Merzenberger, meinen alten Hausarzt.

»Wie gefällt es Ihnen hier?« erkundigte ich mich.

»Sehr gut«, antwortete er. »Der Lachs ist köstlich.«

»Sie sind doch nicht wegen des Essens gekommen?«

»Nein«, beruhigte er mich, »ich habe auch schon getrunken.«

»Und die Bilder?«
»Ich muß sagen, ich wundere mich über den jungen Künstler.«
»Wie er das macht?«
»*Warum* er das macht.«
Jane jointe uns. »Hi!« quetschte sie. »Everything allright?«
»Of course«, nickten wir.
»Dann kommen Sie! Ich zeige Ihnen Jerrys neue Werke.« Wir gingen in den Nebensaal. Jane führte uns zu einer Collage. Auf einer Plastikschüssel lagen ein paar Schrauben, eine Zündkerze und eine Zange, und drunter stand: »Junge Mutter!« Ich dachte: »Hoffentlich schaut ihr das Kind nicht ähnlich!« Merzenberger schwieg. Jane führte uns zu den Bildern. Das erste: eine weiße Fläche, in der Mitte ein roter Punkt und drüber – festgeklebt – eine Sonnenbrille. Drunter stand: »Sonnenuntergang. Privatbesitz.« Signiert: Jerry Miles.
»Jerry hat dieses Bild im Ausland gemalt«, erklärte uns Jane.
»Dann verstehe ich«, brummte Merzenberger. »Bei uns habe ich so einen Sonnenuntergang noch nicht gesehen.«
Das nächste: eine weiße Fläche, in der Mitte eine waagrechte Linie und drüber – festgeklebt – eine Streichholzschachtel.
»Weltuntergang«, erläuterte Jane.
»Warum?« fragte Merzenberger.
»Warum nicht?« fragte Jane. Unter dem Bild stand: »Privatbesitz.« Signiert: Jerry Miles.
Das nächste: eine weiße Fläche, in der Mitte zwei waagrechte Gerade und zwischen den beiden Geraden – festgeklebt – der Rücken eines Buches mit den Goldbuch-

staben: »L–Z«. Drunter stand »Lexikonband. Privatbesitz«. Signiert: Jerry Miles.
Die Besucher verliefen sich. Ich begleitete Dr. Merzenberger. Er sprach während des ganzen Weges kein Wort. Er dachte nach. Ich störte ihn nicht. Vor seiner Ordination verabschiedeten wir uns.
Am nächsten Tag bekam Jane ein Paket zugestellt. Als sie das Papier heruntergenommen hatte, erschien ein sorgsam gerahmtes Bild, eine weiße Fläche mit einer waagrechten Geraden, in der Mitte eine kleine Öffnung, drüber – festgeklebt – ein mit Salbe beschmiertes Stück Watte. Drunter stand: »Hämorrhoiden, Privatbesitz.« Signiert: Dr. Merzenberger.

Ich kann nur wiederholen, was ich bereits eingangs geschrieben habe: Verzeihen Sie mir, aber es handelt sich um eine wirklich wahre Geschichte!

Armut ist keine Schande – solange die Nachbarn nichts davon wissen.

Ein Herr aus Opava

Möller saß am Schreibtisch seines Büros. Er war mit sich und seinem Leben zufrieden. Er hatte es bis zum Generaldirektor eines großen Unternehmens gebracht, er hatte finanziell ausgesorgt, hatte zwei reizende Kinder, ein Haus, eine Zweitwohnung, ein Auto, ein Zweitauto, eine Frau, eine Zweitfrau.
Dabei war ihm diese Laufbahn nicht an der Wiege gesungen worden. Erstens hatte er keine Wiege gehabt, zweitens pflegte seine Mutter nicht zu singen. Sie hätte gar nicht die Zeit dazu gefunden. Sein Vater war ein kleiner Schneider – – die Sekretärin unterbrach seinen Gedankengang.
»Ein Herr Pitzek wünscht den Herrn Generaldirektor zu sprechen«, sagte sie durch die Sprechanlage.
Pitzek? Wer ist Pitzek? »Ich lasse bitten.«
Herr Pitzek trat ein. Er war ungefähr im Alter Möllers und dürfte einst bessere Tage gesehen haben. Sein gutgebauter Anzug trug den Glanz einiger Jahre, die Hose war ausgefranst, die Ärmel des Sakkos waren abgewetzt. »Mein Name ist Pitzek«, sagte er devot.
»Nehmen Sie Platz. Was verschafft mir –«, fast hätte Möller gesagt ›die Ehre‹, aber er konnte sich noch korrigieren, »– das Vergnügen?« setzte er fort.
»Ich komme aus Opava.«
»Interessant.«
»Als es noch zur Monarchie gehörte, hieß es Troppau. Damals lag es in Schlesien – heute liegt es in der ČSSR.«
»Das ist mir bekannt.«
»Mein Großvater war aus Troppau.«
»Soso.«
»Mein Vater war aus Troppau.«
»Hm.«

»Auch *Ihr* Großvater und *Ihr* Vater waren aus Troppau. Ihr Onkel – –«
Möller unterbrach ihn. »Es hat keinen Zweck, wenn Sie meinen Stammbaum schütteln«, meinte er gereizt, »sagen Sie mir, was Sie von mir wollen.«
»Wir gingen zur selben Schule«, sprach Pitzek unbeirrt weiter. »Ach ja?« Möller gähnt gelangweilt.
»In dieselbe Klasse.«
»Soso.«
»Wir saßen in derselben Bank – wir liebten dasselbe Mädchen. Ida Gerlitzer. Sie hat, aus mir unbegreiflichen Gründen, Ihnen den Vorzug gegeben.«
»Und?«
»Ich komme aus Troppau.«
»Das sagten Sie bereits.«
»Vielleicht habe ich es nicht deutlich genug gesagt. Ich komme *eben* aus Troppau. Ich hörte mit Freuden, daß Sie es bis zum Generaldirektor dieses respektablen Unternehmens gebracht haben.«
»Haben Sie etwas dagegen?«
»Nein. Bloß – der Verwaltungsrat dieses Unternehmens könnte etwas dagegen haben, wenn er erfährt, daß der Bruder seines Generaldirektors in Opava eingesperrt ist.«
»Das ist nicht wahr!«
»Ich schwöre es Ihnen.«
»Wenn schon«. Möller beruhigte sich. »Wahrscheinlich war er mit der Politik seines Landes nicht einverstanden und konnte den Mund nicht halten. Ein Dissident.«
»Machen Sie sich nichts vor. Ihr Bruder war mit der Politik seines Landes sehr einverstanden. Er gehörte zu seinen ersten Dienern. Zu seinen ersten Geldverdienern.«

»Wie meinen Sie das?«

»Er brachte es durch seine Verbindungen bis zum Bankdirektor und hatte auf diese Weise Gelegenheit, ein Vermögen zu unterschlagen.«

»Sie lügen!« Möller griff sich ans Herz.

»Regen Sie sich nicht auf«, versuchte Pitzek, ihn zu besänftigen. »Ich lüge nicht. Es kommt noch schlimmer. Als er hörte, daß man hinter seine Schliche gekommen war, daß man begonnen hatte, die Bücher zu prüfen und daß es mit dem Geldschwindel nicht so weiterging, stahl er, aus einem der Safes der Bank, ein kostbares Brillantdiadem.«

»Warum?« stöhnte Möller. »Warum auch noch ein Diadem?«

»Wahrscheinlich dachte er: ›Geld allein macht nicht glücklich.‹«

»Was wollen Sie von mir?« stieß Möller hervor.

»Daß Sie mir helfen«, entgegnete Pitzek ruhig. »Es geht mir nicht gut. Ich habe Hunger.«

»Warum arbeiten Sie nicht?«

»Ich habe es versucht – da habe ich noch mehr Hunger bekommen. Eine kleine Unterstützung könnte mich retten.«

»Was verstehen Sie unter einer – kleinen Unterstützung?«

»Zehn Millionen Schilling.«

Möller fuhr auf. »Zehn Millionen Schilling?« fragte er außer sich. »Das sind eineinhalb Millionen Franken!«

»Wenn es Ihnen so lieber ist«, meinte Pitzek bescheiden, »nennen Sie es ›eineinhalb Millionen Franken‹. Die Hauptsache ist, Sie bezahlen. Andernfalls wäre ich leider genötigt, der Öffentlichkeit von den Verfehlungen Ihres Bruders Mitteilung zu machen. Schließlich ha-

ben ja auch Sie, in Ihrer Stellung, Gelegenheit, über größere Summen zu verfügen und – –«
»Das ist eine Beleidigung!« schrie Möller aufgeregt.
Die Sprechanlage meldete sich. »Verzeihung, Herr Pitzek«, erkundigte sich die Sekretärin, »gehört der rote Maserati, der vor dem Eingang steht, Ihnen?«
»Ja«, sagte Pitzek.
»Der Portier hat eben angerufen, daß Sie die Ausfahrt verstellen.«
»Ich komme«. Pitzek erhob sich.
Möller war sprachlos. »Sie besitzen einen Maserati?« fragte er verblüfft.
Pitzek nickte. »Genauer gesagt: einen Maserati-Khamsin. 640 000 Schilling.«
»Ich verstehe nicht ...«, stammelte Möller. »Warum versuchen Sie dann, mich zu erpressen?«
Pitzek machte ein klägliches Gesicht. »Ich kann das Benzin nicht mehr bezahlen!«

Woraus man ersieht, daß es leichter ist, einen Wagen in die Garage zu bringen, als in das Budget.

Mitleid ist eine so wunderbare Sache, daß man sie nicht an andere verschwenden sollte. Auch nicht an Tiere. Auch nicht an

Meine Wespe

Ich stand vor dem Spiegel und rasierte mich. Unser Badezimmer ist bis zur Decke hinauf gekachelt. Auch die Fensterbretter sind gekachelt. Das heißt, »Fensterbretter« kann man schwer sagen, weil es Kacheln sind. Fensterkacheln. Ich stand also vor dem Spiegel und rasierte mich. Der Spiegel ist nicht gekachelt, sonst könnte man nicht hineinsehen, aber rund um den Spiegel ist alles gekachelt. Auch die Decke und der Fußboden sind gekachelt. Und natürlich die Badewanne. Ich stand also vor dem Spiegel und rasierte mich – plötzlich sah ich, daß sich auf einer der Fensterkacheln etwas bewegte. Eine Wespe. Das arme Tier lag auf dem Rücken und war nicht imstande sich umzudrehen. Es – das Tier – sah mich mit einem Blick an, daß mir das Herz brach. Sie – die Wespe – hatte so liebe Augen. Ich beschloß, ihr zu helfen. Ich nahm einen Zahnstocher und legte sie um. Wenn ich sage »ich legte sie um«, so bediene ich mich nicht der Krimisprache wie sie unsere Kinder im Fernsehen gelehrt wird. Dort heißt nämlich »umlegen« soviel wie »umbringen«. Beispiel: A: »Nimm die Kanone und leg den Bullen um!« B: »Ich habe noch nie einen Bullen umgelegt.« A: (flucht) »Schei . . .!« Das »Schei . . .« ist wichtig. Ohne »Schei . . .« kein Krimi, ohne »Schei . . .« kein Fernsehen, ohne »Schei . . .« keine Literatur. Wobei man zu der Erkenntnis gelangt, daß wir heute, nach Homer, Euripides, Shakespeare, Cervantes, Goethe usw., eine »Schei . . .literatur« haben.
Ich nahm also einen Zahnstocher und legte die Wespe um. Das heißt, ich wollte einen Zahnstocher nehmen, aber wo finde ich einen? Im Badezimmer gibt es keinen, da gibt es nur Kacheln. Ich eile, Schaum vor dem Mund, zur Küche und stoße auf unsere Haushaltshilfe, die schreiend davonrennt, weil sie denkt, daß ich plötzlich

wahnsinnig geworden bin. Ich rufe ihr nach: »Bleiben Sie, ich will sie nur umlegen!« – ein Schrei – fort war sie. Dabei habe ich nur die Wespe gemeint. Wo ist ein Zahnstocher? In der Küche gibt es Messer, Gabeln, Löffeln, ein Speiseservice für 24 Personen, Sektgläser, Weingläser, Biergläser für 24 Personen, Kaffeetassen, Teetassen, Mokkatassen, alles für 24 Personen, und nichts für eine Wespe. Keinen Zahnstocher. Nicht einmal einen für 24 Personen. Erfinderisch wie ich bin, löse ich ein Stückchen Holz vom Küchentisch – meine Frau wird sich ärgern – spitze es zahnstocherartig zu – wozu eigentlich? Zum Umlegen der Wespe muß es nicht spitz sein. Leider *war* es bereits spitz. Ich laufe zurück zum Badezimmer, wo mir ein Türstock in den Weg rennt, ich stoße mir das unnötig gespitzte Hölzchen unter den Nagel meines rechten Mittelfingers, lege mir ein Pflaster auf, d. h. ich *will* mir ein Pflaster auflegen, aber wo ist ein Pflaster? In der Küche. Meine Frau hat sich vor ein paar Tagen beim Zwiebelschneidenzuschauen in den linken Fuß geschnitten. Experten zerbrechen sich noch heute den Kopf darüber, wie man sich beim Zwiebelschneiden in den Fuß schneiden kann, noch dazu beim Zwiebelschneidenzuschauen. Egal. Ich eile zurück zur Küche – kein Pflaster. Stimmt! Meine Frau hat mir das Pflaster ins Arbeitszimmer gebracht, weil sie sich allein keines auflegen konnte. Ich stürze zum Arbeitszimmer. Natürlich! Der Schreibtisch angeräumt mit den dümmsten Dingen wie z. B. mit meinen Manuskripten, Kugelschreibern, Nachschlagewerken, Weihnachtsbriefen, die ich zu Ostern und Osterbriefen, die ich zu Weihnachten beantworten wollte, weiteren Kugelschreibern, Büroklammern, Heftmappen, wieder Kugelschreibern – kein Pflaster. Moment! Dort, in der Bibliothek, guckt es zwischen zwei Bänden hervor. Shakespeares Werke auf Dünndruckpapier. So dünn, daß man, wenn man sich bei Heinrich VIII. verblättert, nicht weiß, wieso plötzlich Julius Cäsar da ist. Egal. Ich lege mir ein Pflaster auf, nicht einfach, mit *einer* Hand, und laufe zurück zum Badezimmer. Hoffentlich lebt sie noch, die Wespe! Sie lebt, Vorsichtig führe ich das spitze Hölzchen unter ihre Wespentaille, sie zuckt, ich scheine sie gekitzelt zu haben. Sie versucht aufzustehen, hält sich das Kreuz – steht! Sie ist etwas angeschlagen, aber sie steht! Dankbar blinzelt sie mir zu. Ich bin stolz. Ich habe ein gutes Werk getan – mein Platz im Himmel ist mir sicher. Ich gehe zum Spiegel. Der Schaum ist eingetrocknet, ich muß von vorn anfangen. Gesicht waschen, abtrocknen, Creme auftragen, Gesicht anfeuchten, Schaum auftragen. Ich werfe einen Blick auf die Wespe – sie liegt wieder auf dem Rücken. Ich erschrecke. Wo ist der Zahnstocher, der keiner ist? Der Zahnstocher, der keiner ist! Das muß ich mir merken, das ist ein Titel für einen Agententhriller. Notieren? Keine Zeit. Ich gebe Herzalarm. Ich stürme zur Küche, ich brauche ein neues Hölzchen, unterwegs fällt mir ein, daß ich das alte in den Papierkorb geworfen habe. Ich stürme zurück – wir haben zwischen Schlaf- und Badezimmer eine ziemlich hohe Stufe – ich falle hin, schlage mir die Nase wund, egal, leere den Papierkorb, finde das Hölzchen, führe es wieder unter den Leib der Wespe, deren Augen mich anschauen als ob sie sagen wollten: »Es hat keinen Zweck mehr!« – aber ich lasse nicht nach. Ich stelle sie auf – schon liegt sie wieder da. Hab ich dir's gesagt, fragen ihre Augen – aber diesmal habe ich es gesehen: sie ist ausgerutscht. Ausgerutscht auf diesen verdammten Kacheln. Was tun? Ich *muß* sie retten, ich habe es mir in

den Kopf gesetzt. Ich habe eine Idee. Ich nehme ein Stück Papier, schiebe es langsam unter die Wespe, so, daß sie drauf zu liegen kommt und trage sie zu einem Schrank, der kachellos dasteht. Wespenglück! Wäre es nach meiner Frau gegangen, wäre auch der Schrank gekachelt, aber eines Tages sagte der Kachelleger: »Ich hole mir eine Flasche Bier!« und wir warten jetzt schon seit zwei Jahren, daß er zurückkommt. Egal. Ich helfe der Wespe auf – sie atmet erleichtert und bleibt stehen. Ich nehme meine Stoppuhr – zwanzig, dreißig, sechzig Sekunden! Die Krise ist vorüber – die Wespe ist gerettet. Ich habe Tränen in den Augen. Lieber Gott, ich danke dir!
Ich gehe zum Spiegel. Der Schaum ist eingetrocknet, ich muß von vorn anfangen. Gesicht waschen, abtrocknen, Creme auftragen, Gesicht anfeuchten, Schaum auftragen. Ich schaue nach der Wespe. Sie fliegt! Fliegt! Stolz wie ein Adler zieht sie ihre mächtigen Kreise hoch über der Badewanne! Eine ziemliche Weile sehe ich ihr zu – glücklich, zufrieden – ein Arzt, der einen Patienten dem Leben zurückgegeben hat. Ich rasiere mich. Der Schaum ist eingetrocknet, ich muß von vorn anfangen. Gesicht waschen, abtrocknen, Creme auftragen, Gesicht anfeuchten, Schaum auftragen. Sssss! Da ist sie. *Meine* Wespe! Ich glaube, ich darf sie so nennen – ohne mich wäre sie elend zugrunde gegangen. Sssss! Sie kommt näher. Will sie mir ihre Dankbarkeit beweisen? Vielleicht ihr Köpfchen an meiner Schulter reiben? Sssss! »Schon gut«, sage ich, »ich hab's ja gern getan!« Sssss! Sie läßt sich nieder. Auf meinen linken Arm. Es ist reizend von ihr, aber ich will mich rasieren. Ich mache eine leichte Bewegung mit der Hand, sie fliegt fort, kommt aber gleich wieder zurück. Sssss! »Brav!« lobe ich sie.

»Aber jetzt flieg schön nach Haus, Papi und Mami werden sich bereits ängstigen!« SSSS! Das klingt drohend. Sie wird doch nicht –? Ich sehe sie an. Ihr Gesichtsausdruck hat sich total verändert. Die früher so lieben Augen sehen aus wie aus einem Hitchcockfilm. Ich nehme das Handtuch, um sie zu verscheuchen. Das hat sie nicht gern. Sie hebt den Hinterkörper. »Geh!« bitte ich sie sanft. »Geh!« Ich will sie nicht verletzen. Was macht sie da? Sie setzt zum Sturzflug an. »Geh, du Bestie!« schreie ich und schlage mit dem Handtuch nach ihr. Sie lacht. »Geh, geh!« schreie ich immer wieder. Ich laufe wie gehetzt durch das Badezimmer – sie folgt mir. Ich stürze auf die Knie. »Geh!« bitte ich. »Bitte, geh!« Sie fliegt auf mich zu, ein Blutrausch hat sie erfaßt, sie landet auf meinem Gesicht und bohrt mir den Stachel in die Wange. Als gewiegter Fernsehzuseher sage ich noch »Schei . . .!« dann falle ich in Ohnmacht.
Meine Frau kam mit dem Arzt. Er sah mich an und sagte verächtlich: »Ein Wespenstich.« Ich schämte mich.
»Und die Nase?« fragte ich hoffnungsvoll. »Sie schmerzt.«
»Angeschlagen«, sagte der Arzt kurz. Angeschlagen. Konnte es nicht wenigstens ein kleiner Nasenbeinbruch sein? Nur damit ich vor dem Arzt nicht so dastehe.
»Ich werde es Ihnen hoch anrechnen«, stammelte ich verlegen, »daß Sie so schnell gekommen sind.«
»Ich Ihnen auch«, antwortete der Arzt.

Das war vor fünf Tagen. Meine Frau hat bis heute nicht über den Fall gesprochen. Sie hat überhaupt noch nicht mit mir gesprochen, und ich werde mich hüten, anzufangen.
Allen jenen aber, die vielleicht einmal unmittelbar be-

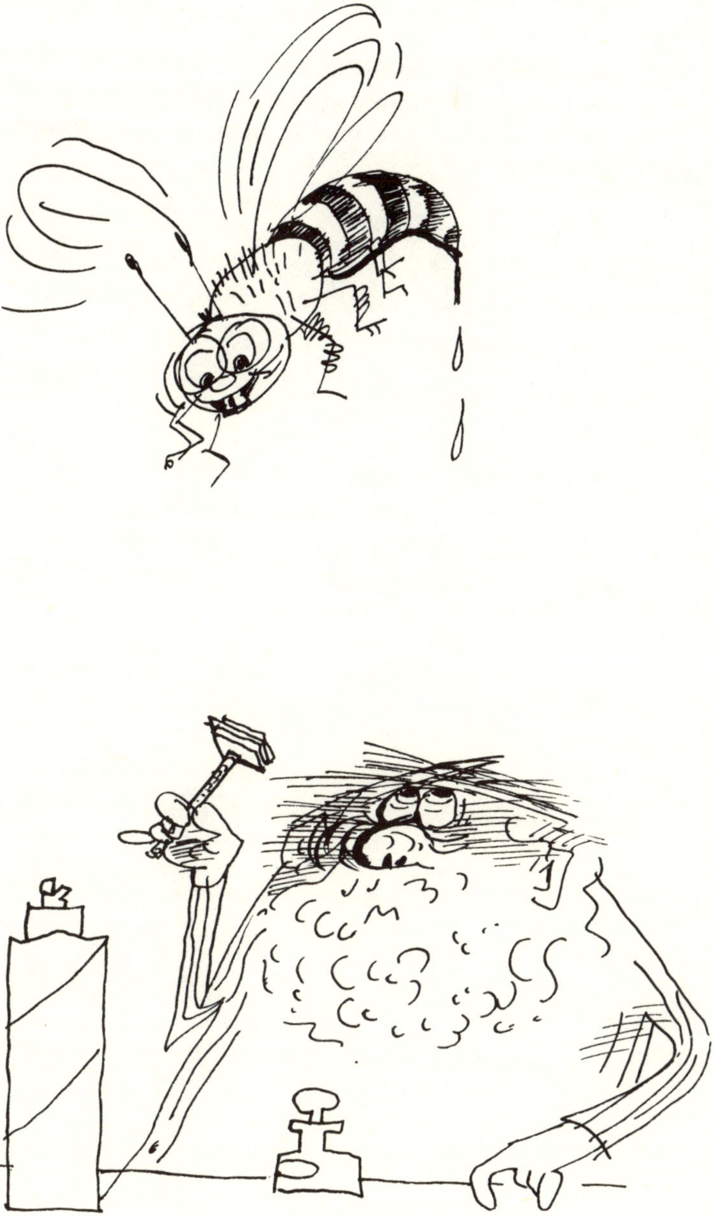

droht sind, von einer Wespe gestochen zu werden, kann ich schon jetzt zur Beruhigung sagen: Der Stachel einer Wespe ist 1 cm lang. Die restlichen 9 cm sind Einbildung.

Ein Junge kommt ins Mannesalter, wenn er von dem Mädchen, das er gestern beim Schwimmen noch ins Wasser gestoßen hat, heute einen Kuß verlangt. Damit beginnt

Der Ernst des Lebens

Ladi war sechzehn. Die Schule hatte ihn mit Freuden entlassen – nun hieß es, einen Job suchen. Natürlich wird er eines Tages das elterliche Geschäft übernehmen – Textilwaren en gros –, aber den Beruf erlernen soll er anderswo. Goldmann, sein Vater, war zu dem Entschluß gekommen, nachdem er sich mit einigen Geschäftsfreunden besprochen hatte.

Der erste, den er traf, war Wimmer. »Sie haben doch Ihren Sohn bei sich im Geschäft«, erkundigte er sich.

»Ja.«

»Was macht er?«

»Spesen.«

Der zweite war Knoll. »Sie haben doch Ihren Sohn bei sich im Geschäft?«

»Ja.«

»Was macht er?«

»Gestern hat er Fliegen gefangen.«

»Sonst nichts?«

»Einen Schmetterling.«

Der dritte war Berisch. »Sie haben doch Ihren Sohn bei sich im Geschäft?«

»Alle beide.«

»Was machen sie?«

»Der eine macht nichts.«

»Und der andere?«

»Der hilft ihm dabei.«

Goldmann beriet sich mit seiner Frau. Hermine weinte, doch sah sie es ein: Ladi mußte praktizieren – und nicht bei seinem Vater. So kam er zu Pelzer.

Pelzer kannte Ladi seit dieser zur Welt gekommen war und hatte immer viel Gefallen an ihm gefunden. Er begann sofort, ihn zu unterrichten.

»Bei mir werden nicht viele Worte gemacht«, begann er,

»du mußt lernen, selbständig zu handeln. Wenn dir etwas auffällt, mußt du sofort wissen, was du zu tun hast. Keinen Befehl abwarten, keine Aufforderung – nur fragen: Soll ich oder soll ich nicht? Verstanden?«

»Jawohl, Herr Chef«, entgegnete Ladi. »Herr Chef . . .« Ladi zögerte.

»Was willst du?«

»Soll ich das Hemd, das Sie da tragen, zur Putzerei bringen oder nicht?«

Pelzer lachte. Der Bub gefiel ihm.

Am nächsten Tag kam Ladi ins Chefbüro, ohne anzuklopfen, ohne zu grüßen.

Pelzer saß hinter seinem Schreibtisch. »Was gibts, Ladi?« fragte er freundlich.

»Ich möchte heute nachmittag nicht ins Büro kommen – ich möchte zum Fußballmatch gehen.«

»Hm«, machte Pelzer, »darüber könnte man reden, wenn du ordentlich darum ansuchst. Setz dich an meinen Schreibtisch – ich werde dir zeigen, wie *ich* das machen würde. Du bist jetzt der Chef – und ich bin der Ladi.«

Ladi setzte sich belustigt an den Schreibtisch, Pelzer ging hinaus und klopfte von draußen an die Tür.

»Herein!« sagte Ladi.

Pelzer trat ein. »Guten Tag, Herr Chef!« grüßte er.

»Guten Tag, lieber Ladi!« dankte Ladi herablassend. »Was bringst du mir?«

»Ich hätte eine Bitte, Herr Chef . . .« sagte Pelzer devot.

»Sprich, lieber Ladi, sprich!«

»Da ich im Geschäft ja ohnedies noch nicht viel zu tun habe«, setzte Pelzer fort, »und heute das große Ländermatch stattfindet, wollte ich mir erlauben, Herrn Chef zu bitten, mir heute nachmittag freizugeben.«

»Aber gern, lieber Ladi!« antwortete Ladi jovial. »Geh zu dem Match, nimm deine Freundin mit – und hier hast du zweihundert Schilling, damit ihr euch schöne Sitzplätze leisten könnt!« Pelzer lachte, er gab Ladi zweihundert Schilling. Der Bub gefiel ihm.
Einige Tage später sagte er zu Ladi: »Sorge dafür, daß ich nicht gestört werde. Wenn mich jemand sehen will, sagst du: ›Der Chef ist nicht da‹. Sagt er, er weiß, daß ich da bin, sagst du, ich bin nicht zu sprechen.«
»Und wenn er sagt, daß er den Herrn Chef sprechen *muß?*«
»Dann sagst du: ›Das sagen alle!‹ Verstanden?«
Pelzer ging in sein Büro. Eine halbe Stunde später erschien eine Dame. »Sie wünschen?« fragte Ladi höflich.
»Ich möchte den Chef sprechen«, sagte die Dame.
»Der Herr Chef ist nicht da.«
»Ich weiß, daß er da ist.«
»Der Herr Chef ist nicht zu sprechen.«
»Ich *muß* ihn sprechen. Ich bin seine Frau.«
Worauf Ladi sagte: »Das sagen alle.«
Pelzer verging das Lachen. Der Bub gefiel ihm nicht mehr. Er warf ihn hinaus.
Pelzer und Goldmann wurden Todfeinde. Ladi kam zu Schmiedl.
Schmiedl war nicht so umgänglich wie sein Vorgänger. Er begann sofort, Ladi zu unterweisen.
»Ich halte vor allem auf Höflichkeit. Wenn ich etwas sage, hast du mit ›ja, Herr Chef‹, ›nein, Herr Chef‹, ›bitte, Herr Chef‹ oder ›danke, Herr Chef‹ zu antworten. Hast du mich verstanden?«
»Klar, Mensch!« antwortete Ladi. Schmiedl schluckte – er sagte nichts.
In der ersten Woche kam Ladi um eine Stunde zu spät.

»Wo warst du so lang?« schnauzte Schmiedl ihn an.
»Ich habe mir die Haare schneiden lassen.«
»Während der Bürozeit?«
»Sie wachsen mir doch auch während der Bürozeit.«
»Aber nicht alle!«
»Alle habe ich mir auch nicht schneiden lassen.« Schmiedl schluckte zweimal – er sagte nichts.
Am Nachmittag kam Schmiedl unerwarteterweise ins Geschäft. Ladi sah zum Fenster hinaus. »Wie kommt es?« schrie Schmiedl, »daß du niemals arbeitest, wenn ich zur Tür hereinkomme?«
»Das kann ich Ihnen sagen«, entgegnete Ladi. »Weil Sie Gummisohlen tragen.« Schmiedl schluckte dreimal – er sagte nichts.
Gegen Abend kam er wieder überraschend – Ladi war auf dem Verkaufspult eingeschlafen.
»Das ist doch die Höhe!« brüllte Schmiedl so laut, daß Ladi die Watte aus den Ohren fiel. »Am Morgen kommst du zu spät, am Nachmittag schaust du zum Fenster hinaus und jetzt schläfst du? Würdest du mir vielleicht erklären, warum das so ist?«
»Weil ich nicht einen Moment sein kann, ohne etwas zu tun«, sagte Ladi.
Schmiedl schluckte nicht mehr. Er warf ihn hinaus.
Schmiedl und Goldmann wurden Todfeinde. Ladi kam zu Blauberg, mit dem Goldmann eigentlich keine Freundschaft verbindet. Blauberg hat eine Sekretärin – Uschi – jung, hübsch, sexy. Ladi war es bald aufgefallen: sobald Blauberg nach Fräulein Uschi verlangt, geht sie in sein Büro – aber das einemal *mit* Stenoblock und Kugelschreiber, das anderemal ohne.
Eben war sie ohne gegangen. Ladi schlich zur Tür und blickte durchs Schlüsselloch. Was er da sah, verwirrte

ihn derart, daß er, als Uschi wieder herauskam, seinen Schreibtisch nicht mehr rechtzeitig erreichte. Uschi erfaßte mit einem Blick die Situation.
»Wenn ich dem Chef sage, daß du durchs Schlüsselloch geschaut hast, während ich bei ihm im Zimmer war«, sagte sie, »wirst du gekündigt.«
Ladi zeigte keine Besorgnis.
»Wenn *ich* ihm sage, was ich gesehen habe«, meinte er frech, »bekomme ich Gehaltserhöhung.«
Er sollte recht behalten. Noch im selben Monat wurde sein Gehalt verdoppelt, nach zwei Monaten bekam er wieder eine Erhöhung und nach drei Monaten wieder.
Goldmann war stolz auf seinen Sohn. Ausgerechnet Blauberg, mit dem ihm keinerlei Freundschaft verband, war mit Ladi so zufrieden, daß er ihn die ganze Praktizierzeit über behielt.

Erklärung:
Blauberg konnte Ladi erst hinauswerfen, nachdem er von seiner Frau geschieden worden war und Uschi geheiratet hatte.
Das tat er denn auch.

Wenn Verbrechen sich nicht bezahlt machen, wieso sind sie dann heutzutage das größte Geschäft?

Die Rache an dem Mördersyndikat

Ich rief Dr. Robinson an. Was war das? Da war jemand in der Leitung. Ich wollte eben wieder auflegen, als ich hörte, wie eine Stimme sagte: »Hab keine Angst, es hört uns niemand. Was hast du für Bedenken?«

»Ich bin dagegen, daß wir den Alten hängen. Joe könnte ihn zum Fenster hinauswerfen.«

»Darüber haben wir doch schon einmal debattiert. Wenn Joe ihn zum Fenster hinauswirft, könnte er am Leben bleiben. Dann würde er natürlich singen.«

Ich beginne zu zittern. Da wird ein Verbrechen geplant. Was tun? Die Polizei kann ich nicht rufen, sonst müßte ich auflegen und die beiden sind aus der Leitung.

»Warum willst du ihn nicht hängen?« fragte die erste Stimme wieder.

»Es widerstrebt mir. Denke an Mona. Schließlich ist er ihr Großvater.«

Wer ist Mona? Wo ist sie? Ich muß sie verständigen!

»Wegen Mona mach dir keine Sorgen. Du weißt, daß sie Joe hörig ist.«

Ich muß sie *nicht* verständigen. Wenn Mona dem Kerl hörig ist, hat es keinen Zweck.

»Und wenn ihr der Mord die Augen öffnet?«

»Dann bringen wir sie auch um. Wir brauchen sie ja nicht mehr.«

Ein Doppelmord! Vor mir liegt das Telephonbuch mit dem Polizeinotruf auf der Außenseite und ich kann ihn nicht betätigen. Warum haben wir kein zweites Telephon? Ist denn niemand in der Nähe, der mir helfen könnte? Ich klopfe mit der Faust an die Wand. Nebenan wohnt mein Freund Poldi. Wir sagen uns auf diese Weise jeden Tag Guten Morgen. Poldi klopft zurück. Ich klopfe wieder – eindringlich, flehend, nachdrücklich. Versteht er mich denn nicht? Fühlt er nicht, was sich da abspielt? Weiß er nicht, daß ich nicht reden kann? Ich klopfe noch einmal. Ich lege alles in dieses Klopfen. Bitten, Hilferufe, Todesangst! Es geht um das Leben eines, vielleicht zweier Menschen! Begreif mich doch! »Ich hab dich schon gehört! Guten Morgen!« ruft Poldi. Idiot!

»Wir könnten doch auch eine Bombe . . .«, meinte die zweite Stimme zaghaft.

»Und die Explosion? Man würde ihn sofort entdecken. Im andern Fall findet ihn das Stubenmädchen am nächsten Morgen erhängt auf. Selbstmord. Grund? Angst vor dem Syndikat. Vor der Mafia. Immerhin hat er Roberto verraten, und in solchen Dingen versteht Luigi keinen Spaß. An Joe wird keiner denken.«

Das Tonband, durchzuckt es mich. Ich könnte die beiden auf Band sprechen lassen, dann hätte ich wenigstens ihre Stimmen. Wo ist das Gerät? Zum Glück steht es fast neben dem Telephon. Ich rücke es näher – leise, leise – die Verbrecher dürfen nicht gewarnt werden. Ich schalte es ein, ganz behutsam natürlich, und – verflucht! »Griechischer Wein!« schallt es heraus, in voller Lautstärke, gesungen von Udo Jürgens. Schnell drehe ich auf piano – wahrscheinlich zu spät – die beiden werden bereits aufgelegt haben. Ich horche, mit größter Vorsicht – sie sind noch da. Ich lasse das Band ohne Ton vorlaufen bis ich zu einer unbespielten Stelle komme – der Schweiß steht mir auf der Stirn – jetzt! Von jetzt an wird alles, was sie sprechen, aufgenommen werden. Ich lausche.

»Ob Luigi davon wissen soll?« fragte die zweite Stimme eben.

»Bist du verrückt? Was würde uns das bringen?«

»Der Kreis der Verdächtigen würde sich erweitern. Und

mit dem Syndikat will schließlich niemand zu tun haben. Auch nicht die Polizei.«
»Das ist zu kompliziert. Luigi muß weg.«
Noch einer. Mich schauderte.
»Du hattest doch die Idee mit dem Killer-Delphin«, meldete sich die erste Stimme wieder.
»Dazu müßten wir Luigi nach Hawaii bringen. Zu Maui.«
»Ich wäre noch immer für die programmierte Kobra.«
»Noch einmal?«
»Warum nicht? Wenn Sheridan tot ist? Wir stellen sie auf 24 Uhr ein, lassen sie durch die Tür in Pietros Schlafzimmer, und wir sind ihn los.«
»Ich finde, daß wir uns in der Sache noch mit jemandem beraten sollten.«
»Mit wem?«
»Mit Hugo.«
Hugo? fragte ich mich. Mit welchem Hugo? Ich heiße auch Hugo. Natürlich bin nicht ich es, von dem sie sprechen.
»Er hat gute Krimiideen«, setzte die zweite Stimme fort, »er ist nur zu dumm, um sie auszuarbeiten.«
Zu dumm? Dann bin ich es doch. Klar! Die beiden sprechen von mir. Jetzt weiß ich auch, wer sie sind. Heinz und Mario, zwei meiner Autorenkollegen, die für das ZDF einen Krimi schreiben sollen. Den Vertrag haben sie bereits – das Drehbuch anscheinend noch nicht.
»Wenn du meinst«, sagt die erste Stimme – es ist Heinz – »kann ich ihn ja anrufen. Treffen wir uns morgen mit ihm im Kaffeehaus. Es wird zwar ein scheußlicher Abend werden . . .«
»Langweilig«, meinte Mario.
»Das müssen wir hinnehmen.«

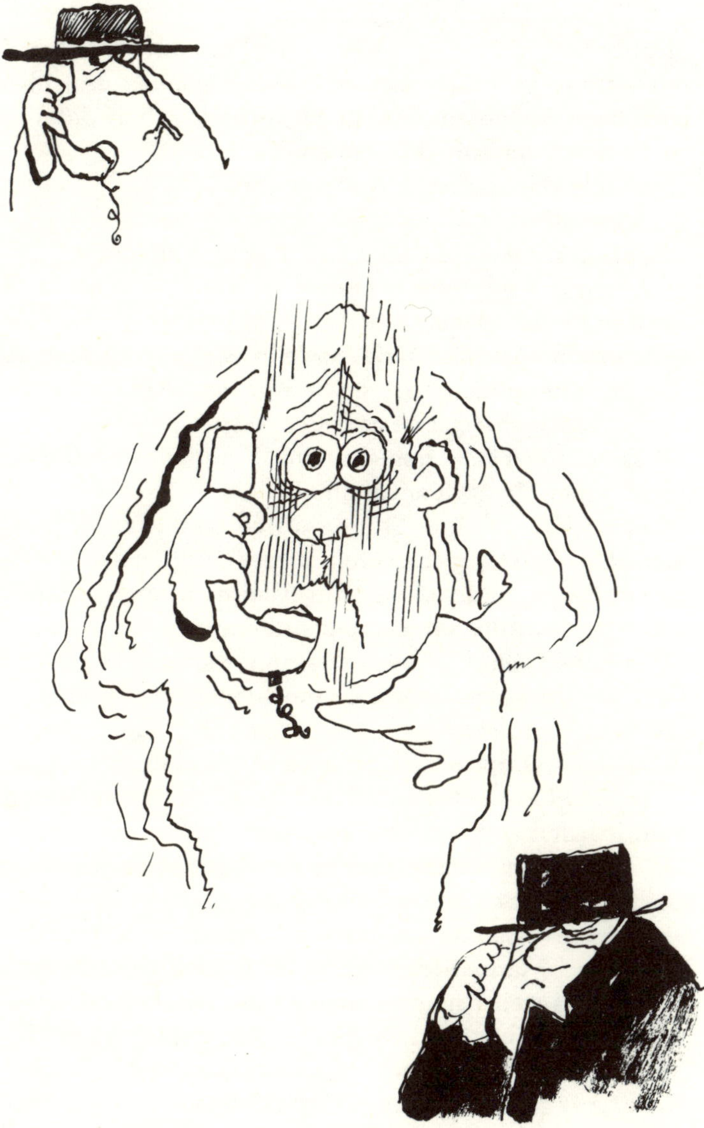

»Ob er seine Frau mitbringen wird?«
»Hoffentlich nicht. Sonst käme *deine* Frau mit, *meine* Frau mit – und wir enden wieder in einer seiner schrecklichen Bars. Außerdem bin ich gar nicht so scharf darauf, sie zu sehen. Ich rufe ihn also an. Tschau!«
»Tschau!« Das Gespräch war zu Ende.
Ich legte auf.
Am nächsten Abend trafen wir uns im Kaffeehaus. Ich kam natürlich mit meiner Frau.
»Reizend!« sagte Heinz.
»Entzückend!« sagte Mario. »Wenn wir gewußt hätten, daß Sie mitkommen, hätten wir auch *unsere* Frauen mitnehmen können. Jetzt ist es leider zu spät.«
»Warum zu spät?« fragte meine Frau liebenswürdig. »Sie können sie doch anrufen?«
Mario rief an. In einer Stunde waren beide Frauen eingetroffen. Wir sprachen von diesem und jenem, von wer mit wem, und von wer mit wem nicht mehr. Heinz und Mario wurden immer ungeduldiger.
»Wir haben ein Problem«, begann Mario schließlich, »das wir dir gerne vortragen möchten. Es handelt sich um einen Krimistoff.«
»Wir wissen«, fiel Heinz hastig ein, »daß du für derlei Dinge viel Gespür hast, und daß du es nur unter deiner Würde hältst, selber Krimis zu schreiben.«
»Es wäre auch schade um deine Begabung«, schmeichelte mir Mario, »du bist viel zu klug dazu.«
»Hörst du?« wandte ich mich an meine Frau. Und zu Heinz und Mario: »Ich befasse mich gerade heute bereits den ganzen Tag mit einem Krimi. Die ARD hat mir angetragen, einen zu schreiben. Wie gefällt euch die Idee? Die Enkelin eines Dollarmillionärs steht vor der Heirat mit einem Gangster. Der Großvater – ich nenne

ihn nur den ›Alten‹ – ist natürlich dagegen. Er muß aus dem Weg geräumt werden.« Die beiden sahen mich erstaunt an. »Joe – so heißt der Gangsterbräutigam – soll ihn aufhängen, und zwar so, daß es nach Selbstmord aussieht. Mona – so der Name des Mädchens – haben sie nicht zu fürchten, da sie Joe hörig ist.« Die beiden saßen mit offenen Mündern da. »Natürlich ist der Hängetod nicht sehr glaubwürdig«, erzählte ich weiter, »aber was sonst? Eine Bombe würde zu viel Lärm machen, bei einem Fenstersturz könnte er am Leben bleiben und singen. So findet ihn das Stubenmädchen am nächsten Morgen erhängt auf. Selbstmord.«

Die beiden sahen mich fassungslos an. »Warum sollte der Alte Selbstmord begehen?« stammelte Mario.

»Angst vor der Mafia«, entgegnete ich. »Vor dem Syndikat. Das kommt nämlich auch vor. Der Alte hat einen gewissen Roberto verraten – und dann gibt es da noch einen Luigi, der keinen Spaß versteht.« Die beiden waren blaß geworden.

»Ich kann euch natürlich nicht alles erzählen, dazu ist die Zeit zu kurz, aber ich glaube, ich habe einige interessante Todesarten gefunden. Luigi, der aus einem gewissen Grund aus dem Weg geräumt werden muß, wird nach Hawaii gebracht, wo ihn ein Hawaiianer namens Maui, durch einen Killerdelphin töten läßt. Hübsch, was?« Die beiden sahen einander an, als würden sie sagen: Alles verloren! Die ganze Arbeit umsonst gemacht! Was sagen wir dem ZDF?

»Mein nettester Einfall aber«, berichtete ich weiter, »ist der mit der programmierten Kobra.« Die beiden riß es herum – sie starrten mich an wie einen Geist. »Die programmierte Kobra, die bereits einen Mr. Sheridan getötet hat, wird auf 24 Uhr eingestellt, und dann in das

Schlafzimmer eines gewissen Pietro geschleust, dem auf diese Art der Mund gestopft wird.«

»Das gibt es nicht!« schrie Mario, hielt sich den Magen und lief zur Toilette. Heinz folgte ihm im selben Zustand.

»Was haben sie denn?« fragten die beiden Frauen besorgt.

»Nichts«, sagte ich. »Das sind Arbeitserscheinungen, das haben sie öfters.« Als sie zurückkamen, waren sie so bleich, als ob ihnen die programmierte Kobra auf den Fersen wäre.

»Und jetzt«, setzte ich mich zurecht, »sagt mir, was ihr mich fragen wolltet.«

»Nichts«, hauchte Heinz und schüttelte geistesabwesend den Kopf.

»Nichts«, sagte Mario, »nichts . . .«

»Dann gehen wir doch noch in eine Bar!« schlug meine Frau unternehmungslustig vor.

»Ach ja!« baten die beiden andern Frauen. Heinz und Mario konnten nicht mehr. Sie waren gebrochen, zerstört. Als wir uns entfernten, hörten wir noch Marios Frau sagen: »Ihr beide habt nie so gute Ideen!«

Wir lachten. Für meine Frau und mich war es kein langweiliger Abend gewesen.

Das war meine Rache an dem Mördersyndikat.

»Autsch!«
(Thomas Alva Edison, unmittelbar nach der Erfindung der elektrischen Glühlampe.)

Genaue Auskunft

Zum besseren Verständnis:

1. Meine Frau und ich haben ein Sommerhäuschen gemietet. Genau gesagt: in Österreich. Noch genauer: in der Steiermark. Noch genauer: bei Bruck an der Mur.

2. Meine Frau und ich sind nicht motorisiert. Wir sind weder Autofahrer noch Autobesitzer.

3. Mela Robinson, die Frau unseres Anwalts, hatte von ihrem Gatten endlich das gewünschte Kleinauto bekommen und wollte damit ihre erste größere Ausfahrt machen.

4. Wir luden sie ein, das Wochenende bei uns in der Steiermark zu verbringen.

5. Es gibt Frauen, welche die Fähigkeit besitzen, einem Menschen klarzumachen, wie er mit dem Wagen von A nach B kommt. Meine Frau besitzt diese Fähigkeit nicht.

6. Es gibt Frauen, welche die Fähigkeit besitzen, an Hand der Straßenkarte ihren Weg selbst zu finden. Mela Robinson besitzt diese Fähigkeit nicht.

Meine Frau und ich saßen in der guten Stube des oben erwähnten Sommerhäuschens. Meine Frau saß an meinem Schreibtisch, die Straßenkarte vor sich. Mela wollte anrufen, um zu erfahren, wie sie am besten zu uns komme. Das Telephon surrte – meine Frau hob ab. »Mela? Grüß dich, mein Schatz! Ich werde dir sofort alles erklären.« Sie blickte auf die Karte. »Du fährst also über die 17er Straße . . .«

»Warum?« unterbrach ich sie.

»Warum nicht?«

»Sie kann doch über die Autobahn fahren.«

»Mela fährt nicht gern über die Autobahn.«

»Doch!« hörte ich Melas Stimme aus dem Apparat.

»Na siehst du!«

»Gut«, sprach meine Frau weiter. »Du fährst also über

die Autobahn, fährst bis Baden, nimmst aber nicht die Umfahrung, sondern fährst durch die Stadt.«
»Warum?« fragte ich wieder.
Meine Frau hielt die Sprechmuschel zu. »Mela geht gern in die Konditorei am Platz. Ich hoffe, daß sie ein Stück Kuchen mitbringt, sonst haben wir zu wenig zur Jause«, flüsterte sie.
»Darauf kannst du dich doch nicht verlassen«, flüsterte ich ebenfalls. »Außerdem kannst du doch einen Gast nicht den Kuchen mitbringen lassen.«
»Okay, okay!« hörte ich Melas Stimme. »Ich bringe den Kuchen. Sagt mir nur, wie ich zu euch komme!«
»Moment«, sagte meine Frau, »ich bin schon dabei. Nach der Karte fährst du am besten nach Enzesfeld – nein, nach Leobersdorf – nein, nach Sollenau – das heißt, doch nach Enzesfeld – dort hättest du sowieso von der Autobahn runter müssen, weil sie gesperrt ist. Ein Unfall. Tankwagen oder so. Apropos. Was sagst du zu Bobby Singer?« Sie hielt den Atem an. »Du *weißt* nicht?« fragte sie halb überrascht, halb erfreut, weil sie nun die erste war, die Mela die Neuigkeit mitteilen konnte. »Bobby hatte einen Autounfall. Ein Passant ist ihm in den Wagen gerannt. Direkt hinein. Es ist nicht viel passiert – der Mann hat bloß eine leichte Verletzung am Fuß erlitten, aber er verlangt 50 000 Schilling Schmerzensgeld. Bobbys Anwalt sagte: ›Mein Mandant ist kein Millionär, daß er so viel übriges Geld hat!‹ – worauf der Gegenanwalt sagte: ›Mein Mandant ist kein Tausendfüßler, daß er soviele übrige Füße hat!‹ Lustig – was?« Etwas lauter: »Ich sagte: Lustig – was!« Sie horchte auf. »*Was* ist mit Lustig? Pleite? Tut mir leid! Zu groß gelebt! Voriges Jahr ist er noch mit fremden Frauen im eigenen Wagen gefahren – heute wird er froh sein,

wenn er mit der eigenen Frau in einem fremden Wagen fahren kann. Schrecklich! *Was* willst du wissen? Ach ja, wie du zu uns kommst! Du fährst also – wie weit, habe ich gesagt?«

»Bis Enzesfeld«, hörte ich Mela antworten.

»Richtig! Von dort fährst du« – meine Frau warf einen Blick auf die Karte – »nach Holles. Es kann auch Hölles heißen, es ist alles so klein gedruckt. Meine Brille ist beim Optiker. Der Kater hat sie vom Tisch geholt. Wie es ihm geht? Gut. Seine Augen machen mir Sorgen, vielleicht sieht er schlecht, weil er sich die Brille geholt hat. Du fährst also nach Enzesfeld. Wir waren schon weiter? In Hölles? Stimmt. Du weißt, daß es auch Holles heißen kann. Moment, da ist ein Zeichen. Eine Kirche ist dort – es kann auch eine Kapelle sein. Wenn du zu einer Kirche oder zu einer Kapelle kommst, bist du in Hölles oder Holles. Von dort mußt du nach Wöllersdorf.«

»Vorsicht, Straßenarbeiten!« warf ich ein.

»Vorsicht, Straßenarbeiten!« sprach meine Frau in den Apparat. »Du fährst also« – ihr Blick irrte über die Karte – »entweder nach Weikersdorf, Winzersdorf oder Urschendorf – was dir sympathischer ist – wichtig ist, daß du nach Ternitz kommst. Von Ternitz fährst du nach Stuppach – Stuppach, nicht Buchbach – das gibt es nämlich auch, wie ich eben sehe – du fährst nach Stuppach –«

»Dort werden Kabel gelegt«, warnte ich.

»Dort werden Kabel gelegt, also fährst du doch nach Buchbach und nicht nach Stuppach. Da steht« – sie bemühte sich zu entziffern – »S-t-u-p-p-a-c-h-g-r-a-b-e-n.« Verzweifelt wandte sie sich an mich: »Wie kommt Mela über den Stuppachgraben?« Ich zuckte die

Achseln. Ich wußte es wirklich nicht. »Ich glaube«, sagte meine Frau wieder zu Mela, »du mußt nach Holles oder Hölles zurück, wo die Kirche oder die Kapelle steht. Oder noch besser – du fährst nach Reichenau. Ich sehe, das ist der bessere Weg. Da fährst du immer geradeaus – bis du zu etwas Hellgrünem kommst.«
»Die Mürz«, warf ich ein.
»Mein Mann glaubt, daß es die Mürz ist. Dort fährst du über die erste Brücke –«
»Die wird repariert«, unterbrach ich sie.
»Die wird repariert«, setzte meine Frau fort. »Du fährst also über irgendeine Brücke und kommst – wie da steht – nach Lechen. Was machst du in Lechen?«
»Nichts mache ich in Lechen«, hörte ich Mela, etwas gereizt, sagen. »Du sollst mir erklären, wie ich zu euch komme!«
»Von Lechen? Du fährst – was steht hier – nach Neufeld. Apropos Neufeld! Du kommst doch mit ihm zusammen. Was macht er? Er hat sich verlobt? Das darf nicht wahr sein! Mit wem? Mit Erni Kobler? Die war doch schon auf mehr Schößen als eine Serviette!«
Ich hatte einen Blick auf die Karte geworfen. »Der Ort heißt nicht Neufeld, sondern Heufeld«, sagte ich.
»Ach ja? Mein Mann sagt mir eben, daß er Heufeld heißt! Der Ort, nicht der Neufeld! Der Neufeld heißt Neufeld, und Heufeld heißt Heufeld!«
Ich hielt es nicht länger aus – ich ging aus dem Zimmer. Meine Frau erklärte noch lang weiter.
Um 15 Uhr sollte Mela bei uns sein – um 19 Uhr läutete das Telephon.
Ich hob ab. »Ja?«
»Hier ist Mela! Entschuldigt die Verspätung . . .«
»Ist etwas passiert?«

»Ihr müßt mich holen kommen. Du weißt doch, daß mir deine Frau den Weg erklärt hat . . .«
»Ja. Wo bist du?«
»In Ungarn – im Gefängnis.«

Hätte Admiral Nelson das Kartenlesen so gut verstanden wie meine Frau es versteht, hätte er die spanisch-französische Flotte nicht bei Trafalgar gesucht, sondern auf dem Großglockner.

Der Mensch soll sich nicht ärgern. Wozu auch? Die Lebenshaltung wird teurer – Sie ärgern sich –, die Lebenshaltung wird trotzdem teurer. Die Frau Ihres besten Freundes geht durch – Sie ärgern sich –, die Ihre bleibt trotzdem da.
Und nur ja keinen Ärger hinunterschlucken. Das macht krank, bringt Gelbsucht und Magengeschwüre. Reden Sie sich frei. Spülen Sie Ihren Ärger von der Seele. Sollten Sie nicht wissen, was ich meine, lesen Sie:

Von der Seele gesprochen

Man soll keine Illustrierten lesen. Man soll sie lesen, aber nicht ernst nehmen. Man soll sie ernst nehmen, aber nicht versuchen, etwas von dem Gelesenen auszuprobieren. Ich habe gegen diese drei Regeln verstoßen. Ich habe eine Illustrierte gelesen, ich habe sie ernst genommen und ich habe etwas von dem Gelesenen ausprobiert. Da stand: »In Japan, in der Stadt Mitsuhito, gibt es einen sonderbaren Neujahrsbrauch. In der Silvesternacht versammeln sich Familie, Freunde und Verwandte in einem Zimmer, stopfen sich die Ohren zu und sagen – durcheinanderredend – alles, was sie im Laufe des vergangenen Jahres an den andern geärgert hat. Ist es vorüber, ist man wieder gut Freund.«

Ich erzählte davon bei Ladis Geburtstagsfeier – er wurde damals zwölf – und, ich weiß nicht wie es kam, plötzlich war es eine beschlossene Sache, den japanischen Neujahrsbrauch bei unserer Silvesterparty zu praktizieren.

Geladen waren: Dr. Robinson, Mela Robinson, Dr. Wronsky, Vera Wronsky, Walter Goldmann, Hermine Goldmann und beider Sohn Ladi.

Man soll nicht neugierig sein, man soll niemanden hereinlegen wollen und man soll nicht zu wissen begehren, was andere, in einem Fall wie dem oben geschilderten, sagen werden. Ich war neugierig, ich wollte die andern hereinlegen und ich begehrte zu wissen, was sie in einem Fall, wie dem oben geschilderten, sagen werden. Ich versteckte Tonbandgeräte. Hinter Blumen, hinter Büchern, hinter allen Gegenständen, hinter welchen man Tonbandgeräte verstecken kann.

Die Gäste trafen ein. Wir scherzten noch über unser Vorhaben, dann gingen wir in das für unseren Zweck bestimmte Zimmer. Meine Frau verteilte Oropax, man steckte sich die Kügelchen in die Ohren, ich prüfte, ob

sie fest genug drinnen waren – es konnte beginnen. Von den Tonbändern hatte niemand eine Ahnung – nicht einmal meine Frau. Die Anwesenden sprachen zuerst vor sich hin, dann wurden sie immer wütender, sie drohten mit den Fäusten, sie rissen sich bei den Haaren, Goldmann warf seiner Frau zornige Blicke zu, Robinson knirschte mit den Zähnen, Wronsky sah fuchtig auf mich, Vera war gereizt, Mela empört, Hermine zischte wie eine Schlange, Ladi schien zu fluchen, meine Frau war furios. Ich tat, als ob ich mitmachen würde.
Am nächsten Morgen nahm ich mir die Tonbänder vor. Ich war neugierig, was meine Freunde sich von der Seele geredet hatten. Ich konnte das mit ruhigem Gewissen tun – ich hatte im Laufe des Jahres keinem von ihnen auch nur den kleinsten Anlaß zum Ärgern gegeben.
Das 1. Tonband – Dr. Robinson: »Ich halte das für den größten Blödsinn! Seit dem Frühstück habe ich nichts zu mir genommen – anstatt gleich zu Tisch zu gehen, soll ich mir vorher den Ärger von der Seele reden! In zehn Minuten den Ärger eines ganzen Jahres! Wozu? Morgen früh ärgere ich mich ja doch wieder! Es fängt schon an, wenn meine Frau mit dem Frühstück kommt und sagt: ›Da ist das Kaffeedschi!‹ Seit 19 Jahren sagt sie: ›Da ist das Kaffeedschi!‹ Wenn sie nur ein einzigesmal sagen würde: ›Da ist der Kaffee!‹ Nein – immer ›das Kaffeedschi!‹ Ich weiß, daß es da ist! Ich sehe es, ich rieche es, ich hasse es! Wie gern möchte ich sie betrügen, aber mit wem? Meine Sekretärinnen werden von ihr ausgesucht, und sie schauen danach aus! Und diese Schwiegermutter, die mir immer erzählt, daß sie Schauspielerin war und daß sie der Feind bei einem Fronttheaterauftritt gefangengenommen hat! Das muß Napoleon gewesen sein! Und diese Klienten! Dieser

Bamberger! Sagt mir frech ins Gesicht, er weiß nicht, wozu er zu einem so teuren Anwalt geht, wie ich einer bin! Es gibt Hunderte Bücher über Gesetze, da hätte er dasselbe lesen können, was ich ihm gesagt habe! Das stimmt, Herr Bamberger, aber ich weiß die Seite, auf der es steht! Und dieses Finanzamt! Wenn das so weitergeht, wird man bald wie ein Pferd arbeiten müssen, um wie ein Hund leben zu können! Und diese Wieners mit ihren ewigen Einladungen! So schön könnte ich jetzt beim Fernsehen sitzen! Zwei Folgen von dem Durbridge-Krimi habe ich gesehen – heute ist der Schluß, und ich werde nie erfahren, wer der Mörder ist! Und warum das alles? Damit ich hier ein hartes Steak zu essen bekomme, genauso zubereitet, wie ich es nicht mag! Oh, wie ich dieses Paar nicht leiden kann! Sie mit ihrer ewigen Politik – und er mit seinen dummen Witzen! Am liebsten würde ich ihm sagen – –« Ich schaltete ab. Ich hätte nie gedacht, daß Robinson so schlecht von mir sprechen könnte. Ich nahm das zweite Tonband zur Hand.
2. Tonband – Mela Robinson: »Meinen Ärger soll ich mir von der Seele reden? Dazu würde ich Jahre brauchen! Am Morgen beginnt es. Da komme ich mit dem Frühstück und sage: ›Da ist das Kaffeedschi!‹ Seit 19 Jahren sage ich: ›Da ist das Kaffeedschi!‹ Ein einzigesmal möchte ich sagen: ›Da ist der Kaffee!‹ – nein, ich sage immer wieder: ›Da ist das Kaffeedschi!‹ Ich weiß, es freut ihn, und so opfere ich mich. Und was ist der Dank? Wie behandelt er mich? Wenn ich ihn frage: ›Was gibt es noch auf der Welt außer unserer Liebe?‹ – sagt er: ›Nichts, aber was gibt es heute zum Abendessen!‹ Am liebsten ist mir der Februar. Da sehe ich ihn um drei Tage weniger. Neulich, bei Wimmers, als die Herren sich zurückgezogen hatten, kam ich gerade

dazu, als sie über ihre Frauen sprachen. »Meine Frau«, sagte der junge Dr. Pommer, ›sieht aus wie ein Filmstar. Raquel Welch!‹ ›Meine Frau‹, sagte mein Mann, ›sieht ebenfalls wie ein Filmstar aus. Woddy Allan!‹ Alle lachten, und er weiß bis heute noch nicht, daß ich es gehört habe. Aber ich habe meine Revanche! Ich betrüge ihn! Ja, mein Lieber, jetzt, wo du die Ohren zugestopft hast, kann ich es dir ja sagen: ›Ich habe einen Freund! Ich – Woody Allan! Und weißt du wen? Bobby Singer! Bobby, Süßer, du wolltest mich heute anrufen, während mein Scheusal beim Fernsehen sitzt – und jetzt muß ich hier bei den Wieners sein und kann nur an dich denken! Warum bin ich hier? Warum *muß* ich hier sein? Nur um ein Steak zu essen, daß ich zu Hause besser gehabt hätte, um mich von ihrer ewigen Politik langweilen zu lassen und von seinen dummen Witzen! Besonders er – –.« Ich schaltete aus. Also sie auch!

3. Tonband – Dr. Wronsky: »Was soll ich mir von der Seele reden? Ich habe keinen Ärger! Ich bin ein zufriedener Mensch, verdammt noch einmal! D. h., Ärger hat jeder Mensch – oder soll ich, als Dentist, mich freuen, wenn Patienten mich mit Zähnen anlachen, die sie noch nicht bezahlt haben? Überhaupt dieser Beruf! Warum bin ich nicht Gynäkologe geworden wie ich es wollte? Da hätte ich mit schönen Frauen zu tun gehabt, anstatt mit faulen Zähnen! Und ich sehne mich nach schönen Frauen! Birgit, meine neue Sprechstundenhilfe – die wäre was für mich! Sie ist ein Wunder an Schönheit! Robinson meint, daß das ein Blödsinn ist. Ein Wunder ist etwas, das man wohl sehen, aber nicht angreifen kann. Das ist ja bei Birgit der Fall. Leider! Aber was weiß Robinson. Ich habe bald genug von ihm! Setzt sich in meinen Stuhl, läßt sich von mir behandeln, fragt

nicht nach dem Honorar und bleibt es schuldig! Und mit diesem Menschen muß ich meinen Urlaub verbringen! Nur weil unsere Frauen miteinander befreundet sind. Dabei sind sie gar nicht mehr so miteinander befreundet, seit sie beide auf Bobby Singer fliegen. Ich glaube, er hat sich für Mela Robinson entschieden. Schade! Hätte er sich für meine Frau entschlossen, hätte ich einige freie Abende in der Woche gehabt und hätte Birgit überreden können, mit mir essen zu gehen. Wie schön wäre es gerade heute gewesen – Silvester! So muß ich diese nerventötende Party mitmachen! Diese Wieners – –.« Ich schaltete aus. Wronsky war also auch nicht unser Freund. Ich nahm das 4. Tonband zur Hand.
4. Tonband – Vera Wronsky: »Ja, ja, ich rede mir den Ärger von der Seele! Den Ärger, daß ich Mela nicht sagen kann, daß Bobby mich liebt und daß er nur auf den Moment wartet, um mit ihr Schluß zu machen! Und diese Birgit – diese Gans! Mein Mann bemüht sich um sie! Warum will sie nicht? Warum bleibt sie kalt wie ein Fisch? Ich sehe schon, ich werde mit ihr reden müssen, damit ich mehr Zeit für Bobby habe. Bobby, Süßer, du wolltest mich heute anrufen, während mein Ekel beim Fernsehen sitzt – jetzt bin ich hier bei den Wieners. Ich denke an dich! Bussi! Wenn der Abend schon zu Ende wäre! Nach dem Essen wird sie anfangen zu politisieren, und er wird dumme Witze machen! Sie geben doch diese Partys nur, um seine Witze zu testen. Wenn wir darüber lachen, verwendet er sie auf der Bühne oder in seinen Büchern. Liebst du mich, Bobby? Sag ja! Wenn du mich nicht lieben würdest – ich würde es nicht aushalten hier unter diesen Menschen!« Ich schaltete aus. Die Enttäuschung wurde immer größer.
5. Tonband – Walter Goldmann: »Den Ärger soll ich

mir von der Seele reden? Was habe ich davon, wenn es täglich neuen Ärger gibt? Allein im Geschäft! Diese Spesen! Das Heizöl ist so teuer, daß es billiger käme, wenn man sein Geld verbrennen würde! Und diese Börse! Ich möchte ein einziges Mal ein paar von den Aktien kaufen, die immer steigen, wenn man sie nicht hat! Morgen ist wieder ein Wechsel fällig! Gestern habe ich den Betrag noch gehabt, heute ist er weg! Das Geld geht so schnell von Hand zu Hand, daß die Bazillen drauf seekrank werden! Und diese Familie! Meine Frau hat sich eine Pelzkappe gekauft! Wenn einem das Wasser überm Kopf zusammengeht, braucht man keine Pelzkappe! Und das Auto! Gestern hat sie die Fahrprüfung gemacht – natürlich ist sie durchgefallen! Jetzt macht sie sie in 14 Tagen wieder! Zum Glück kann sie nicht denselben Prüfer bekommen – der muß drei Wochen im Spital bleiben! Und dieser Schwiegervater! An allem, was ich tue, hat er etwas auszusetzen. Ich habe ihm zwar das Haus verboten, aber er kommt, während ich im Geschäft bin. Ich weiß es, weil ich gesehen habe, daß jemand mein Photo auf der Kredenz angespuckt hat. Und dieser Ladi, dieser Lausbub! Auf der Straße muß er Fußball spielen und eine Schaufensterscheibe einschlagen! Wer wird sie bezahlen? Ich! Und in diesem Zustand, den Kopf voller Sorgen, muß ich noch zu den Wieners gehen! Was wird sein? Sie wird politisieren, und er wird alte Witze erzählen! Wenn ich so könnte wie ich wollte, ich würde – –.« Ich drehte ab. Daß Goldmann gegen uns ist, hätte ich nie gedacht.
6. Tonband – Hermine Goldmann, die wir immer »Die Stille« nennen: »Endlich kann ich meinen Ärger in die Welt hinausschreien! Mir könnt ihr alle den Buckel runterrutschen, wie ihr da seid! Dr. Robinson, der beste

Freund meines Mannes, der gar nichts dagegen hätte, einmal mit mir zu schlafen! Auch Dr. Wronsky, der mir schon einige diesbezüglich Anträge gemacht hat! Alle, alle würden sie wollen – nur nicht mein Mann! Der denkt nur ans Geschäft! Für ihn ist die häßlichste Frau sexy, wenn sie fünf Meter Stoff bei ihm kauft! Und diese Mela! Bildet sich, weiß Gott, was ein, weil Bobby Singer ihr den Hof macht! Und Vera ebenfalls! Die dummen Gänse wissen nicht, daß er das bloß tut, um sein Verhältnis mit mir zu verschleiern! Bobby, Süßer, du wolltest mich heute anrufen, während mein Alter beim Fernsehen sitzt! Leider mußten wir zu den Wieners gehen! Nicht gerne, glaube mir! Ich vertrage weder ihre Gespräche über Politik noch seine abgestandenen Witze! Er glaubt, daß nur er ein gutes Gedächtnis hat! Diese Witze habe ich schon von meinem Vater gehört, der wenigstens vorausgeschickt hat, daß sie von unserem Großvater stammen. Das wird wieder ein langweiliger Abend werden! Am liebsten möchte ich – –.« Ich drehte ab. Das waren also meine Freunde!
6. Tonband – Ladi: »Meine Eltern ärgern sich. Worüber? Wahrscheinlich über mich. Was werden sie erst morgen sagen, wenn ein Polizist kommen und ihnen erzählen wird, daß ich im Kino zu einem Mädchen frech geworden bin? Ich ärgere mich ja selbst! Schuld daran ist mein Schulkollege, der Gutmann! Warum hat er mir eingeredet, daß ich endlich einmal mit einem Mädchen ins Kino gehen muß? Ich habe die Lissy Papanek eingeladen, die zwei Jahre älter ist als ich. ›Weißt du auch, was du zu tun hast?‹ hat mich der dumme Gutmann gefragt. ›Natürlich‹, habe ich geantwortet. ›Zuerst kaufe ich ihr Zuckerl – dann, wenn es finster wird, lege ich meinen Arm um sie und gebe ihr einen Kuß.‹ ›Und

wenn sie dich zurückstößt?‹ fragt der Gutmann. ›Dann nehme ich ihr die Zuckerl wieder weg‹, sage ich. Dazu ist es aber gar nicht gekommen. Die Lissy Papanek hat zu schreien angefangen, ist davongelaufen und hat sich von einem Polizisten nach Hause bringen lassen. Und morgen geht der Polizist zu meinen Eltern und in die Schule. Und ich muß hier sitzen, bei meinem Onkel und meiner Tante, die mir heute besonders auf die Nerven gehen. Immer haben sie gute Lehren für mich, aber was man mit einem Mädchen macht, das einem aus dem Kino davonläuft, das haben sie mir nicht gesagt. Wenn ich ihnen einmal so beibringen könnte, was ich denke – –.« Ich drehte schnell ab. Ich wollte nicht wissen, was Ladi sich denkt.
Das war also am nächsten Morgen.
Am Abend vorher, nach dem Schlußpfiff, nahmen wir uns die Stöpsel aus den Ohren, gingen zu Tisch, alle lobten das Steak und beteuerten uns, wie glücklich sie wären, den Silvester bei uns verbringen zu dürfen. Ich hielt eine kurze Neujahrsansprache, die in einem Toast auf unsere treue, ewigwährende Freundschaft ausklang. Und wir *blieben* auch gute Freunde. Die andern wußten ja nicht, was *ich* wußte, und ich verriet es keinem. Ich war sie alle schon so gewöhnt.

Tiere, die sich nicht leiden können, besuchen einander nicht. Davon könnte der Mensch lernen. (Ich setze gleich hinzu, daß ich diese Weisheit von meinem Vater habe, der immer vorausgeschickt hat, daß sie von meinem Großvater stammt.)

Apropos: Das von meiner Frau besprochene Tonband habe ich gar nicht erst abgehört. Wer weiß –?

Ich möchte dieses Buch mit einem Märchen beschließen:

Verlebt – vertan – geheiratet

Es war einmal ein Vater, der hatte zwei Söhne: Pit und Pat. Der Vater erkrankte, es schlug sich zuerst eine Lungenentzündung und dann ein Arzt dazu, und bald lag er auf dem Sterbebett. Also rief er seine Söhne zu sich und sprach: »Liebe Söhne! Ich habe zeit meines Lebens hart gearbeitet, und es ist mir gelungen, euch eine stolze Summe zu hinterlassen. Ich übergebe sie euch zu gleichen Teilen. Nützet sie weise, verdoppelt und verdreifacht sie, auf daß ihr niemals an Geldmangel leiden möget.« Dann schloß er die Augen und starb.
Pit stürzte sich in die Arbeit. Er gründete zuerst ein kleines Geschäft, dann eine Fabrik, dann eine zweite und eine dritte, er heiratete eine reiche Frau, er schuf Konzerne, er wurde Generaldirektor mit vielen Aufsichtsratsposten, er spielte eine große Rolle in der Gesellschaft, er wurde Mäzen, er subventionierte Theater und andere kulturelle Vorhaben, er bekam Titel und Orden, er hatte seinen Privatjet, der ihn zu seinen überseeischen Besprechungen brachte, er hetzte von einer Sitzung zur andern, von einer Verhandlung zur andern, er fand weder Zeit zu essen noch zu schlafen, denn bei Nacht pflegte er zu lesen. Seine Liebe gehörte der aufregenden Lektüre. Er verschlang Science-fiction- und Kriminalromane, wälzte sich dann im Bett hin und her und fand keine Ruhe. Bis er eines Nachts einen Herzinfarkt bekam und starb.
Pat hatte sich nie überanstrengt. Er verbrauchte das Geld, das ihm der Vater hinterlassen hatte, mit Freunden und Freundinnen, in Bars und Casinos. Und als der Bruder gestorben war, ging er hin und heiratete dessen reiche Witwe.
Und die Moral von der Geschichte? Überfordern Sie sich nicht, versuchen Sie nicht, dem Geld nachzujagen,

HUGO
WIENER

und meiden Sie vor allen Dingen jede Art von aufregender Lektüre. Bleiben Sie bei Büchern wie dem vorliegenden – möglichst vom selben Autor.
Das ist mein selbstloser Rat.
So schließe ich dieses Werk mit den Worten: Incundi acti labores – angenehm sind die gethanen Arbeiten.

Womit sich wieder einmal empfiehlt
Ihr